呪われ皇子と茶博士の娘

幻国後宮伝

鳩見すた

ポプラ文庫ピュアフル

目次

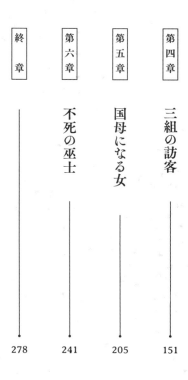

人物紹介

甘朱梨（かんしゅり）――茶博士の娘
周伯飛（しゅうはくひ）――呪われ皇子
李玉蘭（りぎょくらん）――朱梨の友人
老師（ろうし）――眼帯の童子
菊皇后（きくこうごう）――伯飛の母
伯金（はっきん）――皇太子
伯銀（はくぎん）――伯飛の三弟
伯馬（はくば）――伯飛の四弟
伯香（はっこう）――伯飛の五弟
葛根（かっこん）――伯飛の料理人
麻黄（まおう）――伯飛の密偵
映山虹（えいさんこう）――朱梨の侍女

小青竜（しょうせいりゅう）――伯銀の護衛
猪苓（ちょれい）――朱梨の養父
玫瑰（まいかい）――朱梨の養母
猪玉蘭（ちょぎょくらん）――朱梨の義妹
海棠（かいどう）――李玉蘭の同期
蓮葉（れんよう）――井戸端の宮女
二陳（にちん）――十字殿の宦官
芍妃（しゃくひ）――評判の悪い妃
丹妃（たんひ）――評判のよい妃
百貴妃（はくきひ）――伯金の母
椿答応（ちんとうおう）――元妃妾
乙字（おつじ）――有望な宦官
蠟梅（ろうばい）――伯香の侍女
甘徳（かんとく）――茶博士

序　章

あちらの屋台からは、串打ちの肉を焼く煙。

こちらの蒸籠からは、ふかした饅頭の匂い。

威勢のいい呼びこみの声と、雑踏を包む喧噪。

大通りでも靴を踏まれず歩けないほど、幻国の市井はにぎわっている。

幻の王朝は、歴代でもっとも安寧とした百年を築いていた。

おかげで食文化は、かつてないほど豊かになっている。昔は一部の貴族しか口にできなかった「茶」ですらも、あまねく民に広がっていた。

人があふれる通りから静かなほうへ、路地を一本入る。

奥にこぢんまりした家があり、庭にひとりの童女が屈みこんでいた。

年頃はおよそ十歳。雪のように白い肌に、つややかに光を返す黒い髪。なかなかに顔立ちの整った童女だが、右目だけが兎を思わせる赤さだった。

童女は桃の枝で地面に絵を描き、ささやくような声で歌っている。

春夏秋冬　刻々　時々

人は死すれば冥へ去に　閻羅に功罪質される
裁きの末に十獄を　巡って再び世へ出ずる
恨み多きは鬼となり　現世に留まり呪詛を吐く
殺めど屠れど怨晴れず　積もり積もって城覆う
仙師は邪祟を打ち払い　王のお側に侍り死ぬ
戦士は色を好まじと　また繰り返し世を生くる
春夏秋冬　刻々　時々

そこで童女は歌をやめ、ふっと顔を上げる。

「わあ、化け物がこっち見た！」

門の外から遠巻きに、ふたりの童子が童女を見ていた。

「逃げろ！　血眼に見られると呪われて死ぬぞ！」

駆けていく童子たちを見て、童女はぐすぐすと涙する。

そこへ十四、五の少年が、家屋の中からやってきた。

「泣くな、朱梨。きっとこの先、その目を好きになる人がたくさん現れる」

兄らしき少年が慰めても、朱梨と呼ばれた童女は泣き止まない。

「いたたっ、いたたたた。兄ちゃん急に腹が痛くなった。いたたたた」

突然苦しみ始めた兄を見て、朱梨はおろおろした。

「もうだめだ。兄ちゃんは死ぬ。いたた。朱梨の歌を聞かないと死ぬ」

朱梨は慌てて、先ほどの童歌を口ずさむ。兄があんまり痛がるものだから、一生懸命に歌って泣くことも忘れていた。

「ありがとう。朱梨は兄ちゃんの命の恩人だ」

兄に頭を撫でられた朱梨は、照れたように笑う。

そして笑いつつ、ひくひくと鼻を動かした。

「どうしたんだ、朱梨」

兄に尋ねられても返事をせず、朱梨は立ち上がって家屋へ近づく。

そうしてひょいと背伸びをして、花模様の透かし窓をのぞきこんだ。

家の中には湯気が立ちこめ、夫婦らしき男女がたたずんでいるのが見える。

片手に茶杯を持った夫のほうが、茶を飲もうとしていた手を止めた。

その目が、ぎょろりと花窓に向く。

「雀舌を嗅ぎつけるとは、我が娘ながら鼻が利く。入ってきなさい」

にやりと口髭を動かすと、父らしき男は駆けてきた朱梨を抱き上げた。

「今上帝は先頃、麒麟児を授かったと聞いた。おまえも我が家の麒麟児か」

「あら、あなた。うちは茶館よ。そんなに偉くならなくていいわ」

妻と思しき女が言って、朱梨に優しい目を向ける。
そこへ遅れてきた兄も加わり、みながなごやかに銘茶を飲んだ。
血眼のせいで友の類はいないけれど、朱梨は家族の中で幸せだった。

それから八年——。

血眼のせいで、朱梨はすべてを失った。

第一章　茶博士の娘

一　朱梨、最後に鉄観音茶を入れる

清香茶館は茶館であって、茶房でも茶楼でもない。

ゆえに酒は出さない、芸妓もいない、大皿料理も供さない。

将棋や双六の遊具もなければ、音楽すらも聞こえない。

いまとなっては数少ない、茶を喫するためだけの店だった。

その赤い屋根に近づくと、日除けの先端には木札が数枚ぶら下がっている。木札に書かれた「雀舌」、「雪蕊」の文字は、すべて高級茶葉の銘柄だ。

店の中は天井が高く、奥の庭が一望できる。中央には長机や腰掛けで設えた客席が七、八あり、隅に帳場、そのそばに大きな水瓶が置いてあった。

いま客席の一卓の前で、朱梨は下を向いて立っている。

年頃をやや過ぎた十八歳。一般的な幻の民が着る旗袍を身につけていて、わずかに見える首は折れそうなほどに細い。肌の色も透けるような白さだ。

――体の豊かさが尊ばれる時代に、貧弱な見目は人を不安にさせる。

朱梨は自身をそう客観視していた。これで血眼まで見せてしまったらどうなるかわからないと、店主でありながら常に顔を伏せて接客している。

「……お茶を入れます」

かぼそい声で伝えると、やはり卓の客らは心許なげだ。

朱梨は素早く茶壺に茶葉を投じ、痩せた手で鉄瓶を握る。

鉄瓶を回しながら茶壺に満遍なく、なみなみと湯を注ぐ。

湯が茶壺から溢れだしたが、それでもしばらく注ぎ続けた。そうして茶葉が浮かんでくる寸前で、すぱりと湯を切るように茶壺に蓋をする。

すぐに蓋の上から、また湯を注いだ。

こうすることで、茶壺の内側と外側で温度を一定にできる。寒い時期は茶器を温めないと、すぐに茶の温度が下がってしまう。

朱梨はひと呼吸おいて、茶壺の茶を三人ぶんの茶杯に注いだ。残りの茶は、いったん茶海へ注いでおく。

次いで再び鉄瓶を持ち、茶壺に湯を注いで蓋をした。

先ほど茶海に移しておいた茶を、茶壺の蓋の上から回しかける。

返す刀で客用の茶杯に注いだ茶を、すべて茶盤に捨てた。

「瞬きをすると光景が変わる。並外れて迅速な洗茶よ。さすがは茶博士の娘」

客のひとりが、感心してうなった。

茶葉の種類にもよるが、茶は一杯目を飲まずに捨てることが多い。茶葉に付着した汚れを落とし、湯で葉を開かせるためだ。本当にうまい二杯目を入れるべく、一杯目は洗茶と茶器の温め、そして茶の香りを濃くするために使われる。

朱梨は客の言葉に頬を赤らめつつ、茶壺を頭上に掲げた。

高所から三つの茶杯を目がけ、順に茶を注いでいく。一気には満たさない。三杯の茶杯に三回に分けて注ぐことで、茶の濃度が均一に保たれる。

目にも留まらぬ朱梨の手さばきに、客は茶が飛び散らないかと息を呑んだ。

しかしただの一滴も茶は撥ねない。あたかも幻術のようにして、最後の一滴までが茶杯に吸いこまれていく。

「こんな細腕でかような茶芸ができるのは、茶博士甘徳のおかげであろう。茶博士が茶の普及に尽力したことで、茶壺は小さく扱いやすくなったからな」

客が得意気に話したことは事実だが、朱梨にも苦労がないわけではない。

されど客には関係ないと、茶杯の給仕に専念する。

「……鉄観音。青茶にございます」

圧巻の茶芸とは裏腹に、朱梨の声はぼそぼそと小さかった。

客たちはその落差に首を傾げつつ、茶杯を口へ運ぶ。

しかしみなひとくち飲むと、「ほう」と息を吐いて破顔した。

「舌に染み入るほのかな甘さ。香りは桂花（けいか）の一片がごとく。これは実にうまい鉄観音茶だよ、茶博士の娘さん」

そう呼ばれるのは嫌ではないが、返す言葉にはいつも悩む。

「鉄観音は、幻でもっとも新しい茶です。その名の由来はさまざまに語られていますが、茶樹が観音さまのお告げで発見されたこと、及び茶葉が重く鈍く光っているためというのが一般的です。茶の効能は茶葉によって大差ないものの、鉄観音は特に血液の流れをよくすると言われています」

こんな風に茶話を語り、お茶を濁すのが朱梨の精一杯だ。

「然（しか）り然（しか）り。さすがは茶博士、甘徳の娘よ」

茶博士という言葉は、現在は朱梨のような茶を入れる職の者を指す。

しかし父甘徳の時代には、茶に長じた名人の尊称だった。

そんな客たちの賛辞を聞き、朱梨の頬にまた熱が灯る。

父と、父の遺した茶館をほめられることが、朱梨はなによりうれしかった。茶館を続けることだけが生きがいで、ほかはなにもいらないと思っている。

朱梨はひっそり微笑みかけた――が、突然の苦痛に口元を歪（ゆが）める。

「よかったわね、朱梨姉さん。お客さまにほめられて」

朱梨の前に、目つきの鋭い少女が立っていた。

その仕立てのよい裙子(くんし)の膝が、少しだけ持ち上がっている。長い裾に隠れて見えないが、花盆底(かぼんぞこ)の靴が朱梨の足を踏んでいた。

「玉蘭(ぎょくらん)さま……ようこそ、いらっしゃいませ」

足の痛みを堪(こら)えつつ、朱梨はそのまま一礼する。

本人が「姉さま」と言った通り、玉蘭は朱梨の妹だった。

しかしそれは戸籍上のことで、実際の立場は逆どころではない。

「いらっしゃいませだなんて、なにさまのつもりかしら。ここはあたしのお父さまの店。妾(めかけ)の娘が主人ぶらないで！」

玉蘭がぐっと体を前方に傾けてから、後ろへ一歩下がった。

朱梨は激痛に崩れ落ちそうだったが、どうにか耐えて頭を下げる。

「申し訳……ありません」

「いいわ。許してあげる。だってあなたは、今日でおしまいだから」

玉蘭が、にやりと口の端を歪めた。

「たしかにこの『清香茶館』は、元は茶博士の店だったわ。でも茶博士が死ぬと、その夫人があたしのお父さまに泣きついてきたの。お父さまは夫人が作った借金を引き受けて、その娘まで養った。そうよね、朱梨姉さん」

周囲の客に聞かせるように、玉蘭は機嫌よく語っている。

「はい。猪氏——旦那さまへの御恩は、忘れたことがありません」

父亡きあとに問題が相次ぎ、茶館の経営は立ちゆかなくなっていた。猪氏の経済的な援助がなければ、母子の生活も店の存続もなかっただろう。

「でもそんな優しいお父さまも、これ以上は店を続けられないの。だって儲からないから。みんないいかげん気づいたのよ。お茶なんてどれも同じだって」

我慢できないといった様子で、玉蘭が声を上げて笑いだす。

「みんな安い茶を買って、ひとつまみの茶葉で十杯以上も飲むのよ。出涸らしだっておかまいなし。茶は水の代わりでしかないからね」

幻国の大半の地において、水は煮沸しなければ飲めない。それが茶の普及した理由のひとつでもある。

「だから値の高い茶葉を使う茶館には、客がぜんぜんこないわ。きたとしても茶博士の名前にしか興味がない、一見の数奇者だけよ」

玉蘭が一瞥すると、客たちが一様に首をすくめた。

「早い話、茶館は酒楼に鞍替えするか、大衆向けの茶屋になるしかないわけ」

民の必需品は、米、脂、塩、そして茶だ。水は沸かさねば飲めないし、茶は薬にもなる。みな昼夜を問わず、日に何度も、茶屋を訪れて喉を潤す時代だ。

しかし清香茶館の茶は安くない。客は目に見えて減っている。社交場としても機能しなくなれば、羽振りのいい人間も去っていくだろう。

「うちは茶博士甘徳の名前が使えるから、今後は茶商に専念するのよ。ここは明日から、仕入れた安い茶葉の置き場ですって。お父さまが言ってたわ」

「そんな……『清香茶館』は父が亡きあと、母が命をかけて守ったお店です。どうかお考え直しください」

朱梨はよろよろと歩き、玉蘭にすがりついた。

「近寄らないで、汚らわしい！」

払いのけられた拍子に、卓に朱梨の体がぶつかる。

熱い茶がうなじにかかり、思わず顔が跳ね上がった。

「ひっ……この娘、右目だけが血のごとく赤いぞ！」

「聞いたことがある。『血眼』だ。死を振りまく呪いの目だ！」

一見の客たちが身震いし、慌ただしく逃げ去っていった。

「ああ、いい気分。あんたは妾の娘の分際で、あたしよりも優れていると思っていたんでしょう。お父さまに店を任されて、いい気になっていたんでしょう。でも今日でおしまい。その不吉な目で見られなくなると思うと、清々するわ！」

玉蘭が高笑いする足下で、朱梨は激しく咳きこんでいた。

「ああ、そうだったわね。血眼の呪いは、あんた自身にも及んだのよね」

くつくつとおかしそうに笑う玉蘭に、朱梨はそれでもすがりつく。

「……私が、悪いなら、謝ります。死ねと、言われれば、死にます。だからこの店だけは……玉蘭さま、どうか……」

息苦しさを堪えつつ、濡れた床から玉蘭の裙子に手を伸ばした。

「本当に気味が悪い……やっぱり今日のうちに言ってしまってよかったわ」

玉蘭はよくわからない言葉をつぶやき、花盆底の靴を引きずって去っていく。

ひとり店に残された朱梨は、いまだ立ち上がれずにいた。

血眼の呪いで兄が死に、父が逝き、母が亡くなった。

悩みを分かつ友もなく、養母と義妹に疎んじられ、顔を上げれば道行く人から血眼の娘と蔑(さげす)まれる。

朱梨にとって、唯一のなぐさめは茶を入れることだった。

生きていく意味は、清香茶館を守ることだった。

——この茶館を守れないなら、もう……。

朱梨は意を決して立ち上がり、足を引きずりながら猪氏の屋敷へと戻る。

「旦那(だんな)さま。茶館廃業の件、どうかご再考願います」

主人一家がそろった食卓の前に跪き、朱梨は床に頭をつけた。

養子が養父に抗うことは、民が王に意見するに等しい。しかし朱梨にはもう失うものがなかった。

「いやあ、そうしたい。この猪苓も、ぜひともそうしたい。だって、もったいないからね。ああ、実にもったいない……」

猪氏は指についた肉の脂を舐めながら、ねぶるように朱梨を見つめた。

「だから言ったでしょう、玉蘭。今日は朱梨に告げるなと」

主人の向かいの席で、玫瑰夫人が嘲るように微笑む。

「でもお母さま。今日のうちに言わないと、この顔は二度と見られませんわ」

両親の間に座った玉蘭が、母と同じ顔で笑った。

「お願いです、旦那さま、奥さま。玉蘭さまから、茶館は利益が薄いとうかがいました。これからは茶にばかり目を向けず、商いにも工夫をいたします。ほかの仕事もなんでもいたします。ですから、どうか――」

言葉の途中で、玫瑰夫人が夜叉の形相になっていることに気づく。

しかしふっと邪気が抜けたように、夫人は穏やかに微笑んだ。

「わかったわ、朱梨。あなたの情熱に免じて、もう少し続けてみましょう。今日はもう遅いから、寝てしまいなさい」

「ああ……ああ……ありがとうございます……」

朱梨は滂沱の涙を流して喜んだ。

日頃の朱梨は、これほど多くしゃべらない。しゃべることを許されていない。主人への抗議は命がけだった。けれどこうして、捨て身の思いは受け入れられた。

明日からは不退転の気持ちで働こうと、朱梨は部屋を辞去して息をつく。

――喉が、渇いた……。

慣れない多弁を弄したからだろう。ひとまずは茶を飲んで一服したい。

多くの茶には眠気を覚ます効果があるので、夜に飲むべきではなかった。

しかし反対に、安眠を促してくれる茶もある。

たとえば夫人の名でもある玫瑰は、低木に咲く桃色の花だ。

その蕾を乾燥させて作った玫瑰茶は、湯を注げば花が美しく開く。香りは全身に気を巡らせ、心を落ち着かせてくれる。

――今夜のお礼に玫瑰茶を入れたら、奥さまにも喜ばれるかもしれない。

朱梨は厨房で湯を沸かし、自分の茶を飲みながら一家のぶんを用意した。

玫瑰茶を盆に載せて運び、主人の間へと赴く。

「お母さま、本当に茶館を続ける気ですの」

扉の前で聞こえた玉蘭の声に、朱梨は思わず足を止めた。

「そんなわけないでしょう。どうせあの娘は、明日には後宮にいるんだから。あんたが廃業を教えてしまったから、適当にごまかしただけよ」

　玫瑰夫人がつまらなそうに返し、朱梨は自分の耳を疑う。

「お母さまは本当に強欲ですわ。あらぬ借金を背負わせて店を乗っ取るだけでは飽き足らず、邪魔になった朱梨は後宮へ送る。傑女の選抜試験に受かれば給金を取り上げて、戻ってきたなら家名に泥を塗ったと放りだす。そのあと奸徒に連絡すれば、悪い評判も立たずに懐も潤う」

　奸徒、すなわち人買いだ。

「朱梨には感謝してほしいくらいよ。うちの人が朱梨を見る目、あの子の母親を見るときとそっくりだったんだから。本当にろくでもない夫」

「これでようやく気が晴れましたわ。不気味な血眼がそばにいるせいで、あたしにはいい縁談がちっともこないんですもの」

　朱梨は泣きも叫びもせず、放心してその場にへたりこんだ。

二　朱梨、宮城にて玉蘭と邂逅する

朝になると、朝廷から迎えの馬車がきた。

玫瑰夫人から後宮に向かえと命じられ、朱梨は粛々と応じた。

逆らう気力もなかったためだが、夫人も玉蘭も不思議そうにしていた。

――もう、生きる意味がない……。

馬車に揺られながら、ぼんやりとこれまでの人生を振り返る。

朱梨が生まれたのは、いつも茶の匂いがする小さな家だった。

父は清香茶館を営み、仕事には厳しかったが娘には優しかった。

母も娘に愛を注いでくれたが、体が弱く頻繁（ひんぱん）に床に臥（ふ）せっていた。

仕事が軌道に乗っていた父は、後継者の育成を考えた。朱梨も母に似て病弱だったため、父は茶農家の四男坊を養子に迎えた。

義兄は朱梨よりも五歳上で、母やその娘とは違い壮健だった。心根も優しく、血眼を持つ妹を毛嫌いしなかった。よく働いて父を支え、臥せる母の代わりに家事をこなし、朱梨が泣いているといつも笑わせようとしてくれた。

朱梨は兄が大好きだった。だから兄が流行病（はやりやまい）で早世（そうせい）したときは、赤い瞳で天をにらんでいる。どうして軟弱な自分ではなく、健康な兄を連れていくのかと――。

「到着いたしました。あちらにお並びください」

御者（ぎょしゃ）の声で、朱梨は幼い頃の記憶から引き戻される。

馬車を降りると、街よりはるかに大きいと言われる建物が見えた。

――ここが、幽玄城……。

幻王朝の栄華が如実にわかる、豪奢できらびやかな宮門。

その前には、城に負けじと絢爛な衣服の子女が並んでいた。

城内には皇帝陛下が住まう後宮がある。後宮には世継ぎを産む妃妾たちと、その世話をする宮女たちが暮らしていた。かつて「後宮佳麗三千人」と謳われた頃からは減っているが、いまなお千人以上の女性が宮中にいる。

今日は三年に一度の「傑女」、すなわち陛下の妃候補を選ぶ日らしい。

また、年に一度の宮女選抜も同時に開催されるという。宮女は妃ではなく下働きの者なので、朱梨が受けさせられるのはこちらだろう。

朱梨は辺りを見回した。

宮門で逃げ帰る子女も多いらしく、辺りには宦官や宮女が目を光らせている。

――逃げたところで、行く当てもない……。

玫瑰夫人のもとに戻っても、人買いに売られるだけだ。

朱梨は無気力なまま宮女候補者の列に並び、手続きをすませた。

門をくぐって広場に入ると、美しく着飾った子女たちが居並んでいる。妃候補はもちろんだが、宮女の受験者も相応に容貌が優れていた。

周囲の会話によれば、本来は事前に審査があるらしい。

養父たる猪氏の身分は一介の商人だし、朱梨は人目をはばかる血眼だ。おそらくは玫瑰夫人がよからぬ手を使い、厄介な養女をねじこんだのだろう。

場違いゆえの居心地の悪さに、朱梨は広場の隅へと移動した。

そしてふと気づく。茶館を失ったいま、自分が居心地のいい場所などどこにもないのだと。

喪失感から、涙が石の床に落ちた。

――もう、私にはなにもない……。

そこで足下になにかあることに気づく。細工の凝った高価そうな手鏡だ。候補者の誰かが落としたのだろう。係の宦官に渡そうか。

そう思って拾い上げると、鏡に自分の顔が映った。

触れれば冷えそうなほどに肌は白く、右の瞳だけが血を吸ったように赤い。

先ほど聞いた周囲の会話では、宮女であっても家柄や容貌が必要だという。それらがなくとも、財か才かでどうにかなる者もいるらしい。

しかし朱梨の身分は低く、血眼で、財など言うに及ばない。宮女に求められる才も刺繍（ししゅう）や詩歌（しいか）の能であり、朱梨にできるのは茶を入れることだけだ。

自分が宮女に選ばれることはありえない。この先は玫瑰夫人の元に戻され、人買いに売られ、奴隷かそれ以下の扱いになるだろう。

――それでも、かまわない……。

朱梨が気力を失っているのは、血眼の呪いが周囲に死を振りまくからだ。兄と父、そして母をも殺した呪いの瞳は、義妹の玉蘭が言ったように朱梨自身にも向いていた。病弱だった母と同じ症状で、朱梨も肺の病に冒されている。

一度だけ診てもらった医者によれば、菌が徐々に肺を蝕んでいるらしい。流行病のように人にこそ伝染しないが、幻で治療できる者はいないという。

実際に朱梨は咳をするたび、命の灯火が揺らぐ気配を感じていた。そう遠くないうちに、この火は消えると確信している。

すでに不幸な結末が決まっているのだから、降りかかる災いも他人事くらいにしか感じない。奴隷暮らしで死期が早まるのなら、朱梨にはむしろ望ましいことだ。父の茶館を失ったいま、心残りなどなにもない。

――でも、まだ自分の「お茶」を見つけていない……。

唯一の気がかりがあるとすれば、それは父の遺言だった。

茶の道を邁進した父は、死の淵で生涯を振り返ってこう言っている。

「私はこれまで骨身を砕き、茶の普及に努めた。そのかいあってか、茶は大衆のものとなった。この人生に後悔はない。だが朱梨よ。おまえの人生は、私のようにならなくていい。おまえは自分が入れたい茶を入れなさい」

これまで朱梨は茶館を守るのに精一杯で、「自分が入れたい茶」というものに考えを巡らせたことがなかった。

それを探る時間がもうないことだけは、少し残念に思う。

「玉蘭さま、鏡がありましたわ」

ふいに聞こえた義妹の名前に、朱梨は思わず身を硬くした。

「あなた、さっさと返しなさい。さあどうぞ、玉蘭さま」

妃候補らしい娘が駆けてきて、朱梨の手から鏡を奪い取る。

「ありがとう、あなたが拾ってくれたのね。わたくしは玉蘭。お名前は」

鏡を受け取った玉蘭は、義理の妹ではなかった。

雅な薄紫の旗袍に、高貴な顔立ちを飾り立てる耳飾りとかんざし。肌も艶やかできめが細かく、仕事で荒れがちな朱梨とは手の美しさからして違う。

「ねえ、ちょっと。あれにいるお方、李家の玉蘭さまよ」

近くにいた候補者たちが、ざわめいていた。李家は過去に何人も妃妾を後宮に送っている、名家中の名家らしい。

「あなたは宮女の候補者ね。どうか恐れないで。わたくしはお礼を言いたいの」

なにも言えず立ちつくしている朱梨に、玉蘭が微笑みかけてくる。

その美しさにますますたじろぐも、朱梨はどうにか礼を返した。

「朱梨と申します。お目にかかれて光栄です、玉蘭さま」

「あら、素敵なお名前。わたくしなんて、知りあいに同じ名前が三人もいるわ」

玉蘭が気さくに言い、取り巻きの候補者たちがくすくすと笑う。

どこか殺伐としている広場で、玉蘭のいる空間はなごやかで優雅だった。朱梨がよく知る同じ名前の人物とは、気品がまるで違う。

「……いえ、待って。朱梨という名前、どこかで聞き覚えがあるわ……もしかしてあなた、姓が『甘』だったりするかしら」

現在の朱梨は養父の「猪」姓だが、それ以前はもちろん父と同じ「甘」だ。

朱梨が驚いて固まっていると、玉蘭がしょんぼりと眉を下げる。

「違うのかしら……茶博士甘徳の娘ではないのね。あの清香茶館の……」

「い、いえ、私は甘朱梨でした。玉蘭さまは、私をご存じなのですか」

「もちろん！　李家の女は、本物を知っているからね」

にやりと訳知り顔をして、玉蘭が続ける。

「茶博士甘徳が亡くなってからも、清香茶館の味は落ちていなかったの。それで驚いて調べさせたら、夫人と娘が茶の選定をしているってわかったわ」

「はい。母と私でやっていましたが、母が亡くなってからは私が」

「それは……辛かったわね」

玉蘭の同情が本心であることは、その鼻声でわかった。

「でも変よ。なんで茶博士の娘が、宮女選抜の場になんているの」

その問いかけに、朱梨は口ごもってますますうつむく。

「事情がありそうね。いいわ。あなたにはぜひとも、入宮してもらわないと」

玉蘭が自分の胸に当てていた手で、朱梨の手を握った。

久方ぶりに人に触れられ、胸の鼓動が速まる。

「わたくしに後悔があるとするなら、それは清香茶館に行けなかったこと。いつも人をやって茶葉を買わせていただけなの。いい、朱梨。まずは顔を上げて」

ふいをつかれて、あごを持ち上げられた。

「まあ……」

玉蘭が目を見開いて声を失ったため、朱梨はすぐに下を向く。

「目をそらさないで、朱梨。右が紅玉（こうぎょく）、左が琥珀（こはく）。こんなにきれいな瞳は、世にふたつとないわ。羨ましい」

「そんな……卜占（ぼくせん）では、血眼は凶兆の相です。私の右目は死を振りまきます。どうか玉蘭さまも、目を見ないでください」

最初に大好きだった兄、次いで父が逝き、とうとう母も亡くなった。朱梨の右目は人の血を吸っているから赤い。見つめられれば死を被る（こうむる）。

「なによ血眼って。千年前の感性ね。本当に朱梨の目が人を殺すなら、いま頃は外海の戦場でこき使われてるわよ」

「ですが……」

ありえないことでも、朱梨はずっとそう聞かされ続けてきた。

実際に一番大切な家族たちも、朱梨の前からいなくなっている。

「占いなんて、いいことだけ信じればいいの。それにね、朱梨。あなた顔立ちだって悪くないわよ。きっと選抜に受かるわ。そう思うでしょう」

玉蘭が振り返り、傑女の候補者らしいふたりに尋ねた。

「私にはなんとも。選抜で大事なのは家柄でしょうし」

痩せたほうは、顔をしかめて朱梨から目を背けている。

「そうですわ。あるいは刺繡に長じているか、歴史書を通読しているか。なにかしらの能がなければ、欠点の相殺は無理かと」

ふくよかなほうは言葉で遠ざけつつも、目は物珍しそうに朱梨を見ている。

「欠点なんて失礼ね。でもたしかに能は必要よ。茶器は持参しているかしら」

玉蘭に問われ、朱梨はおずおずとうなずいた。一応は出立に際し、最低限の茶器だけは持たせてもらっている。

「さすがに無理ですよ、玉蘭さま。たかが茶では」

痩せた候補者が鼻で笑うと、ふくよかなほうも続いた。

「無礼だと罰されるやも。玉蘭さまも、関わらないほうがよいですわ」

そこへ宦官がやってきて、選抜の儀が始まると告げる。

「わたくしは朱梨を信じるわ。だって茶博士の娘ですもの。朱梨も自分を信じて。また見えましょう。約束よ」

玉蘭は力強く言い、朱梨に手を振り去っていった。

三　朱梨、皇子に壽眉茶を献じる

北門に向かって広場の西に妃妾の候補者、東に宮女候補者たちが並んでいる。

門前には長机と豪勢な玉座、それよりもやや簡素な椅子が設置されていた。

「皇后陛下の、御成り」

宦官が節をつけて声を張ると同時に、北門が開く。

従者たちが担ぐ神輿に乗った女性に、場の一同が跪拝した。

「みなさん、楽にしてちょうだいね。これから傑女と宮女の選抜を始めます。陛下はご多忙なので、ご臨席はされません。代理で第一皇子が出席します」

皇后陛下が下手の席を見やったが、第一皇子はまだ顔を見せていない。

「さすが、菊皇后はおきれいね」

朱梨の周囲で、宮女候補者たちがひそひそとしゃべっている。

「でも心中は複雑でしょうね。自分の夫の側女を選ぶんだから」

「不敬がすぎるわ。そもそも帝はご高齢。お世継ぎにも恵まれているし、お渡りはなさらないんじゃないかしら」

「じゃあ西に並んだ妃妾の候補者たちは、入内してからなにをするの」

「次期陛下たる、皇太子殿下の気を引くのよ。ほら、いらっしゃった」

門の向こうから、ひとりの男性が颯爽と歩いてくる。

すらりとした身の丈に、皇族らしからぬ質素な袍。袖からのぞく腕には筋肉が盛り上がり、意外にもたくましい。

「すまない、遅くなった。それでは始めよう」

皇子は頭に翼善冠も戴かず、髪もまとめずに垂らしていた。それでいながら目鼻は描いたように美しく、知性と気品にあふれている。

茶館にくる客は朱梨を妓女として扱ったり、酔って暴れたりもした。そもそも人間自体が苦手だが、男という性はことさらに怖く感じる。

にもかかわらず、朱梨は皇子の見目に惹きつけられていた。

――きれいな人……人ではないのかも……。

皇帝陛下は天子というくらいで、子息も人間離れした美しさだと思う。それでいて義兄のような雄々しさもあり、いよいよ神仙を見た気分だ。

「ため息が出るような美丈夫ね。あの皇子が即位した暁には、今日の候補者たちから自分の妃を選ぶのかしら」

宮女の候補者たちが、またおしゃべりを始める。

「伯飛殿下は皇太子じゃないわ。立太子したのは第二皇子の伯金殿下。あなた選抜に参加しているくせに、そんなことも知らないの」

「わ、私の父は統督よ。絶対に選ばれるから問題ないわ。それにしても、もったいないわね。伯飛殿下、さぞ美しい帝になったでしょうに」

「そうなのよ。文武両道で眉目秀麗。童の頃から麒麟児と称され、皇帝陛下の信頼も厚い。だからいまも後宮に居を構えているんですって。なのに皇太子に冊立されていないのは、目を呪われているかららしいわ」

はっとなった朱梨は、門前に座る伯飛皇子を見上げた。

その尊顔はたしかに麗しいが、瞳は左右どちらも黒々としている。

「ちょっと。呪われているって、どういうこと」

「皇子は夜な夜な後宮を徘徊して、醜女の閨にばかり忍びこむんですって。その目を呪われているから、相手の美醜がわからないそうよ」

宮女候補者たちの忍び笑いを聞き、朱梨の体から力が抜ける。一瞬でも自分と同類かと思ったことが、無性に情けなかった。

それからしばらくの間、朱梨は妃妾の候補者たちが門を抜けて入内したり、金子を賜って引き返していくのを、ぼんやりと眺めていた。

しかし門前に呼ばれた五人の中に玉蘭を見つけると、さすがに注目する。

朱梨は物心がついた頃から、友がいたという経験がない。血眼を見ても去らなかった人間は、のちに家族となった兄だけだ。

玉蘭のように、朱梨と向きあってくれた他人はいない。だからつかの間でも言葉を交わせたこと自体、この先も忘れられない歓びになると思う。

――せめてもの恩返しに、玉蘭さまの入内を祈ろう。

そう思って手をあわせたところで、伯飛皇子が玉蘭の舞いを止めた。

「李家のご息女、玉蘭よ。あなたの舞いは、きっとこの先に何度も見る。今日は時間を節約させてくれ」

すわ落選かと肝が冷えたが、玉蘭は宦官から花を賜り門へ向かった。

ところが中途で振り返り、こちらに向かって小さく手を動かす。

――まさか、私に……。

うれしさと困惑で、頭がぼうっとなってしまった。

気がつけば、選抜の順番がすぐ目前に迫っている。

直前の宮女候補者たちは、家柄もよく見目も相応に麗しかった。その上で笛を奏でたり詩歌を諳んじたりと、能も存分に示している。

「――領主にて茶商、猪苓が養女。朱梨」

宦官に名前を呼ばれ、朱梨は先の四人をまねて御前に跪いた。

「領主はともかく、茶商の娘が嫡子ではないのか。妙なものだな」

先ほど宦官は猪氏を領主と言ったが、そんな事実はない。玫瑰夫人が裏で手を回した小細工も、見る人が見ればすぐにわかる。

「動揺した様子はないな。諦観なのか、肝が据わっているのか。朱梨だったか」

皇子の問いに、朱梨は「はい」とだけ答えた。

「その名は茶の縁。となると実父も茶の関係者か」

朱梨が驚いていると、菊皇后が我が子に問いかける。

「伯飛。どういう意味か、母にも説明なさい」

「母上もご存じでしょう。梨には朱梨と青梨がある。茶畑がある高地の山には朱梨が多く、農夫を労うように茶摘みの時期に花を咲かせるのですよ」

皇子はやれやれといった様子で、菊皇后に説明した。

「はたしてその通りですか、猪朱梨」

皇后の問いに、朱梨は平伏して答える。

「畏れながら申し上げます。殿下のご推察通り、父は茶館の主人でした」

「ふん。親を失い、店を乗っ取られ、最後に厄介払いされたというところか。領主の身分も、おおかた買い叩いたものだろう」

皇子は憐れみも笑いもせず、ただつまらなそうな顔をしている。

「さあ、どうする朱梨。おまえに門をくぐれる望みはない。このまま金子を受け取って帰るか。それとも……足掻いてみるか」

皇子の目線は、朱梨が持参した茶器に向いていた。

これは皇子の慈悲なのか。あるいは単なる気まぐれか。

どちらにせよ、八方塞がりの朱梨に初めて見えた光明だった。

――玉蘭さまは、私を信じると言ってくれた。

きっと茶を入れたところで花は賜れない。自身の行く末もどうでもいい。

けれど玉蘭との約束を、自ら反故にすることだけはしたくない。

「皇后陛下と皇子殿下に、お茶を献じさせていただきたく存じます」

気がつくと、朱梨は低頭していた。

猪氏のときと同じで、失うものがなくなると人は大胆になれると知る。無口なはずの朱梨が、今日だけで茶館の十日ぶんはしゃべっていた。

「そんな無礼が許されるものか！　毒味役もいないのだぞ！」

宦官の長が割って入ってくる。

「……そうね。伯飛、控えなさい。これは宮女の選抜です」

菊皇后はなぜか不本意そうに、我が子を諫めた。

「たしかに太監の言う通りだな。毒味もなしに皇后陛下に茶を出すのは、さすがにまずい。だが私だけならかまわんだろう。どうせ呪われた皇子だ」

にやりと笑った皇子の提案を、太監はまだ認めない。

「畏れながら、伯飛殿下に申し上げます。選抜の儀はまだ半ば。あともつかえておりますゆえ、戯れよりも裁定を願います」

「だが喉も渇き、一服したい頃あいだ。私がここで飽いてしまったら、それこそそのちの裁定に影響が出るぞ」

太監は苦渋を満面に浮かべつつ、「火と水、卓を持て」と配下に命じた。

やってきた宦官たちが、炭筺から燃える炭を出して涼炉に投じる。

炉の上には鉄瓶ではなく、砂銚が置かれていた。砂銚は言うならば大型の茶壺のようなもので、湯が沸くのは遅いが鉄臭さがしない。

朱梨は持参した行李を卓の上に置き、茶器を並べていく。

「美しい蓋椀だな。それで飲ませてくれるか」

全面に淡い蓮が描かれた七宝焼きの椀は、朱梨が父から譲られた品だ。かつて高貴な人物から賜ったものらしく、大切な客に使っていたのを覚えている。

さすが皇子はお目が高いと思う一方、朱梨は悩むことになった。

蓋椀は茶杯と違い、茶葉を直接椀に入れて飲む。

そのため鉄観音のように高温で入れる茶は、飲む際に唇を火傷しやすい。茶葉も椀に入れたままになるので、渋みが出やすい黒茶や烏茶は適さない。

持ちあわせた茶が限られる中、さらに選択肢が減ってしまった。

しかし迷ってはいられない。茶を入れるのはただでさえ時間がかかる。

朱梨は素早く蓋椀に茶葉を投じ、高所から砂銚の湯を注いだ。

すぐに蓋をして、手を触れたまま目を閉じる。

やや間を置いて蓋をずらすと、一杯目を茶盤に捨てた。

「手際もいいが、所作が美しいな。見ていて飽きない」

皇子がほうと、感心している。

口が達者でないのなら、「動」と「静」の姿勢で客を楽しまる。それが茶博士だった父のやり方で、朱梨の性にもあっていた。

「壽眉。白茶にございます」

二杯目の茶が蒸らし終わり、朱梨は蓋椀を太監に差しだす。

「白茶か。なるほど、蓋椀に適した茶だな」

太監から椀を受け取り皇子が言った。

白茶は枯淡ですっきりした味わいで、中でも壽眉は飲み口が軽い。長い間しゃべっている皇子が渇きを癒やすのに、ちょうどよいはずだ。

「いい香りだ。春の田畑のような、力強さを感じる。かすかに香る甘い匂いは、遠い果樹園から吹く風のようだ。だが……残念だな」

蓋を開けて香りを楽しんでいた皇子が、落胆の息を吐く。

「ときどき、いるんだ。『濡れた茶葉は口当たりが悪い。皇子に飲ませるわけにはいかない』と、わざわざ茶葉を除く者が。なんのための蓋椀か」

蓋で押さえていても、茶葉が口に入ることはある。皇子の従者はそれを避けようとしたのかもしれないが、朱梨が茶葉を除いたのには別の理由があった。

「私が茶葉を除いたのは、壽眉が『葉』を摘む茶葉だからです」

朱梨の言葉に、伯飛が眉を上げて「続けよ」と短く返す。

「白茶は渋みが出にくく、蓋椀に適した茶です。それは白茶の多くが、『芽』を摘んで製造するため。しかし私が持参した壽眉は、『葉』を多く含む茶です」

ゆえに長く蒸らせば、面積のぶんだけ渋みが出やすい。一番うまみを感じる濃度で茶を飲んでもらうには、茶葉を除くしかない。

「そして葉を使うぶん、壽眉は香りが強く出ます。茶葉を除いても十分に」

「なるほど、奥深いな。私が早とちりしたようだ。すまなかった」

伯飛は皇子でありながらあっさり謝罪し、ためらいなく蓋椀に口をつける。

「茶はみんなそうだが、これもまた苦いな」

顔をしかめた皇子を見て、朱梨は再び兄を連想した。しかし今度はその体つきではなく、兄の今際の記憶がよみがえっている。

「皇子はもしや、お体が悪いのではないですか……も、申し訳ありません」

思わず口に出してしまい、己の失言をすぐに詫びた。

「なぜそう思う」

薄く笑っていた皇子の目つきが、一変して鋭くなった。

「壽眉という茶は、肉体が壮健であればほの甘く感じます。ですが病に冒され衰えている場合、苦く感じると言います。兄がそうでした」

病弱な母や自分でなく、頑強な兄だけが疫病で落命した。兄が最期に言った「白茶が苦い」という言葉が、朱梨はずっと忘れられない。

「無礼な！　皇子殿下を病人呼ばわりなど、万死に値するぞ！」

太監の怒号に、朱梨はただちに平伏した。

「申し訳ありません。どんな罰でもお受けいたします」

「なるほど。命に頓着せぬ性質か。だが白茶を苦いと感じる理由は、病だけではあるまい。自分が入れ損なったと考えぬなら、開き直るだけ見苦しいぞ」

先ほどまでの飄々とした態度と異なり、皇子に感情が見える。

しかし失敗だけはありえない。朱梨はこれまでに何万杯と茶を入れている。自分で入れた茶の味は飲まずともわかった。

朱梨はただ頭を下げ、皇子の決断をじっと待つ。

「皇子、お願いがあります」

その声を上げたのは、門の向こうから戻ってきた玉蘭だった。

「もう一度だけ、朱梨にお茶を入れさせてください。それでも苦いと感じたなら、わたくしが賜った花を返却しますわ」

「無礼な！　すでに傑女に選ばれたからと言って――」

太監が息巻くのを、皇子が「待て」と制した。

「傑女に選ばれたなら、すでに陛下の妃がひとりだ。その意見に耳を傾けねば、我らが罰を賜るぞ」

伯飛皇子は、くつくつとおかしそうに笑っている。

「李家の息女は、美食に目がないらしい。朱梨の入宮が望みとしても、自らの進退をかけるとは恐れ入った。次はしくじるなよ、朱梨」

朱梨はうつむいたまま考える。

玉蘭のおかげで首がつながったが、再び茶を入れても結果は変わらないだろう。

ではどうすればと心の内に耳を傾けると、聞こえてきたのは父の声だった。

朱梨は懐から匂い袋を取りだし、その香を嗅いで心を落ち着ける。

そうして再び湯を沸かし、茶を蒸らし、頃あいを見て太監に蓋椀を差しだした。

太監はふんと鼻を鳴らし、伯飛皇子へ椀を献上する。

「今度は、茶葉があるな」

伯飛皇子は椀の蓋をずらし、口をつけてから露骨に顔をしかめた。

「朱梨。この白茶は、先ほどよりもさらに苦いぞ」

「こちらは白茶ではございません。持ちあわせている茶葉を組みあわせ、薬茶をこしらえました。誰であっても苦く感じると思われます」

なぜそんなことをと、皇子が視線で尋ねてくる。

父は朱梨に、自分の入れたい茶を入れよと言った。それがなにかはわからない。けれど皇子の体力が衰えていることだけは、はっきりとわかる。

朱梨が持参した茶葉の多くには、血行促進、悪寒予防、疲労回復、消毒、殺菌などの効能があった。茶に漢方薬を組みあわせたものは「八宝茶（はっぽうちゃ）」と呼ばれる。漢方薬の持ちあわせがなくとも、茶だけでも薬に近いものはできる。

「先ほど入れた壽眉茶に、手抜かりがあったとは思いません。幸運にも再び茶を入れる機会をいただいたので、玉体に少しでも滋養をと考えました」

苦みの真偽などどうでもいい。自分の入れたい茶もよくわからない。

ただ気がついたときには、手が薬茶を入れていた。

「かくも苦いのに、飲み干してしまった。体が欲していたのかもな」

伯飛皇子がくっくと笑い、席を立って近づいてくる。

「次はうまい茶を飲みたいものだ。朱梨、顔を上げよ」

命令とあらば逆らえない。朱梨はうつむいていた顔を上げた。

「これは……」

皇子は朱梨の血眼を見て、声を失っている。

朱梨もまた、皇子の顔に見入っていた。

――澄んだ目。まるで赤子のよう。

瞳に自分が映る距離で人の顔を見るのは、ほとんど初めての経験だった。

「皇子、裁定を」

太監に催促され、伯飛皇子が席へ戻っていく。

「伯飛、わかっていますね。これは傑女の選抜。茶の能は関係ありませんよ」

皇后が戒めると、皇子はほくそ笑んだ。

「承知していますよ、母上。ただ、この組は優秀でした」

幻国の第一皇子が、その名において居並ぶ五人の候補者に告げる。

「猪苓が養女、朱梨……以外の四人に花を授ける」

四　朱梨、花を落として花になる

「『次はうまい茶を飲みたい』とか、思わせぶりなことを言っておいて！」

憤懣（ふんまん）やるかたないという顔で、玉蘭が不機嫌をまき散らしている。

選抜の儀が終わる頃には、春の陽射しも弱くなっていた。

人がいなくなった広場は底冷えする。朱梨は情けで金子を賜ったものの、行く当てもなく帰る場所もなく途方に暮れていた。

そこへ玉蘭が現れて、朱梨の手を握ってまくし立てる。

「物事の本質には目を向けず、母上の機嫌をうかがったのよ。貴族の殿方はみんなそう。誰にでもいい顔をするんだわ」

貴族社会の慣習を知らぬ朱梨は、曖昧にうなずくしかできない。

「本当に、玉蘭さまの言う通りですわ。『第一皇子は暗愚（あんぐ）』と、宮中でもささやかれているそうですよ。まあ弟に皇位を奪われていますしね」

「それでいながら、一人前に女色を好むのだとか。玉蘭さまも、どうかお気をつけくださいまし」

袖触れあった縁か、取り巻きふたりも朱梨に同情の目を向けてくれた。

玉蘭は菊皇后への配慮だと言うが、皇子が朱梨を退けたのは単に血眼を見たからだろう。こちらは皇子のものと違い、本物の呪われた瞳だ。

だからこそ、朱梨は玉蘭の存在をありがたく思う。

「せっかくご助力いただいたのに、入宮を果たせず申し訳ありませんでした」

朱梨は玉蘭に向かい、丁寧に頭を下げた。

「玉蘭さまとお目にかかれたことは、私の終生の喜びとなるでしょう」

世辞ではない。これから自分がどうなるかわからないが、玉蘭との思い出はきっと心の拠り所になる。朱梨はそう感じていた。

「これが最後みたいに言わないで。わたくしはまた必ずあなたに会って、お茶を入れてもらうつもりよ。朱梨はこれからどうするの」

朱梨の境遇を推察した皇子の言葉を、玉蘭も聞いていたようだ。

「わかりません」

亡き家族に祈りを捧げるべく、尼寺で余生をすごそうか。

兄の故郷を頼り、茶葉を摘むのもいいかもしれない。

いま思いつくのはそれくらいで、今夜の寝場所すら決まっていなかった。

「だったら、これを持っていって」

玉蘭が自分の髪からかんざしを引き抜き、朱梨の手に握らせる。

「売ってお金にしてもいいし、わたくしの実家を頼ってもいいわ」

「そんな……こんな高価なもの、受け取るわけにはまいりません」

「だったら友情の証として持っていてちょうだい。ともかく朱梨は、これからもお茶を入れ続けること。あなただってそうしたいはずよ」

伯飛皇子に薬茶を入れたとき、少し感じたことがあった。

誰かを思って入れる茶は、言葉よりも人に気持ちを伝えられる気がする。

「私はいま、玉蘭さまにお茶を入れて差し上げたいです。どこかで湯をわけていただけないか、尋ねてみます」

朱梨が辺りを見回すと、玉蘭がそっと手を握ってきた。

「すごく魅力的……でも、だめよ。朱梨はわたくしに、お茶を入れることを目標にして生きて。じゃないとあなた、生きることをあきらめそうだもの」

知りあったばかりなのに、どうしてこうも見透かされてしまうのだろう。

そしてどうして、見透かされたことをうれしく感じるのだろう。

朱梨はうち震えながら、玉蘭に尋ねた。

「なぜ玉蘭さまは、こんなに身分の低い者に優しくしてくださるのですか」

「なにそれ」

玉蘭は朱梨の疑問を笑い飛ばした。

「わたくしは将来、国母(こくぼ)になる女よ。自分より上の身分なんていないもの。妃も皇子も市井の娘も、わたくしから見ればみんな童。助けて当然でしょう」

国母は帝の生母、すなわち皇太后(こうたいごう)だ。幻の頂点に立つ女性(にょしょう)だ。

その独特すぎる考えかたは、平民の朱梨には理解しにくい。

「わかりやすく言うと、わたくしは誰にでも優しいのよ。でも本音は、朱梨の入れるお茶を飲みたいからだけどね。だから皇子が憎くてしかたないわ」

言って玉蘭は、くすりと笑う。

世の中にはこれほど優しく、痛快で、素敵な女性がいる。

朱梨は目に涙を浮かべたが、同時に笑いもこぼれていた。

「玉蘭さまなら、きっと国母になられると思います」

「やっと笑ったわね、朱梨。その調子よ」

顔を見あわせてくすくす笑っていると、痩せた候補者が口を開く。

「玉蘭さま。そろそろ時が」

入内が決定した妃妾候補は、家に戻って輿入れの準備があった。

取り巻きのふたりも花を賜ったようなので、することがない朱梨とは違う。

「朱梨、必ず再会しましょう。必ずよ」

馬車が出発してもなお、玉蘭は身を乗りだして手を振ってくれた。

朱梨は目尻の涙をぬぐい、前を向いて歩きだす。

玉蘭と約束してしまい、軽々しく命を投げだすことはできなくなった。

――ひとまずは宮城を離れ、落ち着ける街を探さないと。

そう考えて、徒歩で門を出る。

しばらく歩いたところで、背後から声をかけられた。

「おい、そこなる娘。ぬしは朱梨か。止まれ」

振り返ると、右目に眼帯をした男が駆けてくる。宮女選抜の落選を見越して、玫瑰夫人が寄越した人買いだろうか。

朱梨はまずいと感じて走って逃げたが、すぐに息が上がってしまう。病のせいで肺に負担がかかると、しばらく咳が止まらない。

「おい、我は呼び止めただろう。なんで逃げるんだ」

追いついてきた眼帯の男に、肩をつかまれた。

しかしその手が、思ったよりもずっと小さい。

顧（かえり）みれば眼帯こそしているが、相手は十かそこらの童だった。

「咳がひどいぞ。朱梨、大丈夫か。おい、我のせいか」

眼帯の童子が、とたんに慌てる。

「お人、違いです、私は、しがない、旅の者……」

「しゃべるな。休め」

童子は手を伸ばし、朱梨の前髪をかきあげた。

「おやめ、ください……」

「いいから呼吸を整えていろ。本当に緋色の目だな」

童子はじっくりと、朱梨の右目を観察している。

「おやめください。呪われてしまいます」

「呪い……か。まあそういう考えかたもできるな」

童子はふいに考えこみ、いかんいかんと顔を上げた。

「我は伯飛の使いだ。我のほうがあいつより偉いが、今回は頼まれてやった。朱梨はいまから辰砂殿にこい。伯飛の寝所だ。立てるか」

眼帯の童子が、朱梨に手を差し伸べる。

「あの、伯飛殿下が、私になんの、ご用でしょう」

「知らん。どうせ朱梨は、泊まるところもないのだろう。だったら一泊していけ。飯は葛根が、うまいのを作ってくれるぞ」

眼帯をした童子は、「腹が減った」と朱梨の先を歩きだした。

基本的に後宮、すなわち皇帝陛下の寝所に男子は立ち入れない。後宮の子女はみな皇帝陛下の妻であり、仕える官吏も去勢ずみの宦官だ。皇子であっても後宮の外に置かれ、乳母の手で育てられる。いずれは帝になる第二皇子の皇太子を始めとして、ほかの皇子たちもみな後宮外に暮らしていた。

にもかかわらず、伯飛皇子の寝所は後宮の内にあるらしい。

「よく考えると、伯飛がここに女を招くのは初めてだな。あいつはいつも、自分から女の閨を訪れるからな」

朱梨の前を歩く童子は、まるで皇子の知己のように内情を語る。殿下を呼び捨てなど不敬極まりないが、童子はまったく意に介さない。

「着いたぞ。ここが伯飛の寝床、辰砂殿だ」

竹林を抜けた先に、廃屋のごとくにさびれた建物があった。

その門前にはふたりの宦官がいて、こちらに向かって頭を下げている。

「お帰りなさいませ、老師」

誰のことかと思うも、傍らの童子が返事をする。

「うむ。葛根、麻黄(まおう)、朱梨を連れ帰ったぞ。伯飛は戻ったか」

「すでに中でお待ちです。ご案内しましょう。朱梨さま、どうぞ」

初めての呼ばれ方に戸惑いつつ、宦官たちのあとに続く。

建物の内は外観よりもずっと小ぎれいで、手入れが行き届いていた。

しかしそれをしているであろう、宮女たちの姿が見えない。

「こちらでございます」

宦官ふたりが扉を開け、朱梨は童子に続いて中へ入る。

「待っていたぞ、朱梨」

伯飛皇子は夜着(やぎ)のようないでたちで、床几(しょうぎ)に座ってくつろいでいた。

「皇子殿下に、拝謁(はいえつ)いたします」

選抜のときの作法を思い返して低頭すると、目の前に皇子が屈みこんだ。

「顔を上げよ。朱梨、私を憎んでいるか」

皇子はなにを思ったか、朱梨の手を握った。

凜と美しい顔が目の前にあり、手の甲に伝わる熱に胸が脈打つ。

「滅相(めっそう)も、ございま、せん」

「それは重畳(ちょうじょう)。私の肌のぬくもりを感じるか」

「は、はい」

答えるやいなや、さらなる熱が全身に広がっていく。

「私もおまえの熱を感じている。朱梨の手は、意外とたくましいのだな。熱い茶壺を握って、火傷を繰り返した指だ」

今度は返事ができなかった。

恥ずかしさで死んでしまうと思えるほどに、体が熱く目が回る。

「どうした、朱梨。私と話すのは嫌か」

伯飛は薄く微笑みながら、じっと朱梨の目を見つめてきた。

「そんな、ことは、ございません」

朱梨は身悶えながら、息も絶え絶えに答える。決して嫌ではないが、手は離してほしかった。できれば目も見ないでほしい。

「ならば朱梨よ。おまえの生い立ちを教えてくれないか」

皇子相手に、なぜと返せるわけもない。

朱梨はそれとなく皇子の手をすり抜け、かいつまんで過去を話した。

「――ふむ。やはり行く当てもなく、戻ることもできない身の上か。さておき、さすが茶博士は粋（いき）だな。『自分の入れたい茶を入れろ』か」

皇子の返答に意表を突かれ、朱梨は思わず聞き返す。

「粋……どういう意味か、聞いてもよろしいでしょうか」

「いまさら言っても詮（せん）ないが、甘徳は死後に茶館を畳んでほしかったのだろう。茶で妻と子の人生を縛ってきたことを、少なからず悔いているのだ」

「そんな……なぜそう思われるのですか」

不敬であるなど頭もかすめず、朱梨は反射的に尋ねた。

「私は甘徳ではない。言葉の真意はわからないさ。単に私がそう解釈しただけにすぎない。いや……子に責任を押しつけた親はそうあってほしいという、私の願望かもしれないな」

伯飛の口ぶりは、どこか自嘲するようだった。

朱梨は朱梨で、胸を衝（つ）かれた思いで立ちつくす。

なにも言い返せないのは、自分もどこかでそれを感じていたからではないか。

茶を入れることしかできないからと、茶館にしがみついていたのではないか。

「まあどんな解釈であれ、父は絶望する娘など見たくないだろう」

伯飛が微笑み、朱梨の髪を撫でた。

そんな風にされたのは、兄が亡くなって以来初めてだ。

「朱梨、顔を上げて周りを見ろ。幻の地はかくも広大だ。茶館を失ったのは、終わりではなく始まりだ。今日から本当の自分になれ」

伯飛の言葉が、ゆっくりと心に染みこんでいく。

失うものがなくなって大胆になったことは、朱梨も自覚していた。

猪氏に刃向かい、皇子に薬茶を入れる自分に、どこか戸惑いを覚えていた。

――本当の、私……。

気づいたところで、いきなり開眼した気分にはならない。

茶館を失った後ろめたさも、変わらず胸の中にある。

ただ曇った心の中に、わずかに光が差したような気がした。

「人間にとって、一番難しいのは『臨機応変』だ。我らはみな、指針や手本に従って生きているからな。朱梨の呪いも同じだ。本当の自分になるには、時間をかけて過去と折りあいをつけるしかない」

まるでこちらの心を読んだように、伯飛が答えを教えてくれる。

「さて、そこで提案だ。朱梨、私のために茶を入れてくれないか」

自分が呼ばれた理由に、朱梨はようやく合点がいった。

皇子は寝しなの酒の代わりに、茶を飲んで体を労りたいのだろう。

ただそれだけのためにこんな風に話してくれるなど、皇子はずいぶんお人好しだと思う。選抜の際の厳しさとは大違いだ。

――あのときだって、別に嫌な人ではなかったけれど……。

こんなことを思うなんて、自分はいくらか舞い上がっているのかもしれない。

「すぐに準備をいたします——」

こういうときは茶を入れて落ち着こうと、朱梨は立ち上がりかけた。

「待て、朱梨」

ぐっと手を引き寄せられ、伯飛の胸に抱き留められる。

「まだ話は終わっていない。私は朱梨に、この先もずっと茶を入れてほしいのだ」

伯飛の澄んだ目が、まっすぐにこちらを見つめてくる。

「そ、それは、宮女として、殿下にお仕えするという意味でしょうか」

朱梨が動揺していると、伯飛はうれしそうに微笑んだ。

「朱梨、私の妻になってくれ」

第二章　呪われた皇子

一　伯飛、弟集めて「さて」と言う

伯飛は後宮に暮らす皇子だが、朝議や政には関わらない。

夜な夜な妃妾の閨を訪れても、父たる帝に咎められることもない。

儀礼や祭事に参加するのも、母たる皇后に泣きつかれたときだけだ。

「伯飛皇子が自分の息子なら、とっくに首を切り落としている」

血の気の多い将軍たちはもちろん、臆病な大臣たちですらそんな風に言ってはばからない。城内で「暗愚」と言えば伯飛のことだと、傑女選抜で入宮したばかりの妃妾ですら知っている。

ゆえに伯飛を支持するのは、息子に甘い二親と辰砂殿の従者だけ。

十四人いる弟たちも、ほとんどが長兄を敬ってはいなかった。

「夜分に集まってもらってすまない。まずは一献」

青金宮の一室で、主人たる皇太子の伯金が杯を掲げる。

伯飛は場を見回した。

車座に顔を並べているのは、成人している皇子が五人。

長兄の伯飛は上座に腰を下ろし、隣には二弟で皇太子の伯金が座っている。そこから下座に三弟伯銀、四弟伯馬、五弟の伯香が顔を寄せあっていた。

「父上の容態だが、かんばしくない。まだ情報は伏せているが、よもやを考える必要はある。我ら兄弟は、ますます結束しなければならない」

伯金が、居並ぶ兄弟の顔を順に見る。

その堂々たる口ぶりも、意志が表れた表情も、皇太子として申し分なかった。前宮でも後宮でも評判がよく、伯飛は兄として安心している。

「そうは言うが、次兄。結束してなにをするんだよ」

「結束自体が目的なんじゃないかな。ぼくらの争いを防ぐためにも」

弟たちの疑問を受け、説明は自分の役目かと伯飛は口を開いた。

「知っての通り、幻王朝は八代続いている。伯金が帝になれば九代目だ。先祖はみなよく国を治め、民も健やかに暮らしている。幻が平穏なのは、我ら周の血族が一枚岩だからだ。それはいまも昔も変わらない。さて――」

耳目を集めるべく、ひと呼吸を置く。

「代替わりに際しては、問題が起こることもありえる。みなはどう思う」

伯飛の問いに、五弟の伯香が童のように首を傾げた。

「ぼくの記憶がたしかなら、歴代の王朝にそんな事変はないけど」

「そうだ。過去にも血なまぐさい跡目争いなど起こっていない。なぜなら新帝が誕生する前には、当時の皇子たちもこうして集まり結束を高めていたからだ」

伯飛の言葉に大きくうなずいたのは、皇太子の伯金だ。

「兄上が言った通りだ。我らも先祖に倣い、この会合を七晩ごとに行う。先に伝えておいた通り、帯刀は禁じる。みな腹を割って語られよ」

伯金は言って、ちらりと伯飛を見た。

伯飛は黙してうなずく。

はっきり言ってしまえば、この場の者は誰も二心など抱いていない。

長く続いた平和な時代をみなが喜び、兄弟間に禍根はない。みなが十分に満ち足りた生活を送っているため、そもそも跡目争いをする必要がない。

――だが、人は「鬼」に魅入られる。

伯香は過去に事変はないと言ったが、それは秘密裏の解決があっただけだ。

皇位の継承時には、いつも「鬼」たちが騒ぎだす。

この会合の目的は親睦ではなく、「鬼」に魅入られた人物をいち早く見抜くことにあった。目下は伯飛と皇太子の伯金だけが、それを知っている。

「だったらまず、長兄を警戒したほうがいいんじゃないか。なにせ皇太子の位を、弟に奪われちまったんだからな」

四弟の伯馬が、鼻で笑って伯飛を挑発する。

人相学で言うところの三白眼に、鋭い牙のような犬歯。伯飛よりも放埒、というより叛逆的な、後ろになでつけた短い髪。

伯馬は昔から血の気が多いが、その衝動は主に目下の者に向けられていた。実際に見たことはないが、従者を自ら棒打ちすると聞いている。

要するに伯馬は、長兄の伯飛も下に見ているということだ。

「口を慎め、伯馬。本来ならば兄上は、皇位を継ぐに足るお方。私は継承権を一時的に預かっているにすぎない」

皇太子が四弟を諌めたので、伯飛も一応は口を開いた。

「安心しろ、伯馬。皇位の簒奪は、ひとりではできない。暗愚の皇子を支持する将軍や大臣は、ひとりもいないからな」

「そうかい。だがあんたには、皇后陛下という後ろ盾がある。後宮の女も第一皇子は暗愚と嘲りながら、みながあんたの夜這いを期待している。帝が崩御してからどこぞの女が詔勅を見つけるなんて話は、千年前の歴史にもあったしな」

伯飛は女を味方につけていると、伯馬は言いたいようだ。

傾国の美姫が帝を惑わすなら、その美姫を惑わす男もいると。

「そう思わないか、三兄」

伯馬が隣に尋ねたが、三弟の伯銀は無言のままだった。頭頂部以外をきれいに剃り上げた辮髪線のように細い目で、常に閉じている口元。頭頂部以外をきれいに剃り上げた辮髪は、几帳面な伯銀の性格がよく表れている。

伯銀はもとからしゃべらない弟だが、今日はことさらに無口だ。

「やれやれだ。兄の威厳があるのは次兄だけか」

伯馬は舌打ちをひとつして、いらいらと体を揺らした。

「そうだねえ。自分が女性に人気がないから、長兄の容貌に嫉妬する。まったく嘆かわしい兄がいたものだね」

肩をすくめた五弟の伯香からすれば、四弟の伯馬も兄になる。

伯香はこの場ではもっとも若く、見目は少年と言っていい。いつも微笑みを絶やさない穏やかな弟だが、それゆえか騒がしい伯馬を毛嫌いしていた。

とはいえ、それは諍いの火種になるようなものではない。

「おい、伯香。誰に口を利いている」

「別にぼくは、四兄のこととは言ってませんよ」

こうして互いを口撃するのが、歳の近いふたりなりの馴染みかただった。

「いいかげんにしろ、伯馬。これ以上に長兄を愚弄するなら、つまみ出すぞ。伯香もわざわざ伯馬を煽るな」

伯金がたしなめると、四弟伯馬は聞こえよがしに鼻を鳴らした。

対して五弟の伯香は、涼しい顔で話題を変える。

「そういえば、長兄が妻を娶ると聞いたけど」

「俺も聞いたぞ。父の代わりに出た傑女選抜で落選させた娘を、のちに呼び寄せたというじゃないか。本当にやりたい放題だな。それほどの美女か」

再び四弟が目をぎょろつかせ、伯飛にからむ。

「昨日のことなのに、ふたりとも耳が早いな。美女かと問われれば、もちろんと答えるさ。選び放題の私が選んだのだからな」

「どうだかな。長兄の目は呪われていると聞くが」

四弟が嘲笑すると、「貴様!」と伯金が立ち上がった。

伯飛はその腕を押さえ、再び座らせる。すべてを知っているゆえか、伯金は「呪い」という言葉に敏感すぎだ。

「落ち着け、伯金。伯馬は昔から生意気だが、私は憎からず思っている」

「そいつはどうも。俺は昔っから長兄が嫌いだよ。公務はすべて弟任せで、夜な夜な後宮を徘徊する。あんたそれでも周一族の長兄か」

伯飛は弟の挑発を笑って受け流し、酒杯を呷る。

そんな風にして、兄弟たちの最初の会合は終わった。伯馬がからんでくるのはいつものことなので、雰囲気はそう悪くなかったと伯飛は思う。

――父が身罷るまで、このままであることを願おう。

弟たちが退室したところで伯飛が立ち上がると、伯金が呼び止めてきた。

「兄上、少し話しませんか」

こちらの返事を聞かず、伯金は杯に酒を注ぐ。

「私は妻を娶ったばかりだぞ。無粋者め」

「幻王朝は、私が継いだら九代目です。長すぎると思いませんか」

酔っているのか、伯金は兄を無視して語り始めた。

伯金は次代の皇帝として、誰にも言えぬことが多いだろう。しがらみから解放されている長兄は、愚痴を言うには都合がいい。

「それだけ国が安定しているということだ。悪いことなどなにもないさ」

たまには兄らしいこともするかと、伯飛は腰を下ろした。

「外海の列強を退け、北方の部族を取りこみ、国土は豊かで人口も増えました。もはや我らは戦う必要がない。そうなると、統治者自体も不要でしょう」

「それはまた、ずいぶんな極論だな」

「いいえ。推挙(すいきょ)試験のおかげで、幻の官吏はみな優秀です。政を行える人間がいるのだから、意思決定もそちらでやればいい。そう思いませんか」

ある種の書にかぶれた人間は、みな皇室の解散を宣(のたま)いだす。

「伯金。皇室をなくして、なにを求める」

「私は別に、皇室をなくしたいとは言ってません。国の象徴はあっていい。なくしたいのは、後宮という仕組みですよ。私は兄上が不憫(ふびん)でならない」

そういうことかと、伯飛は笑って酒を飲んだ。

「おまえは昔から、私を慕(した)いすぎだ」

「そんなんじゃありません。皇位は真に優秀な人間が継ぐべきです。兄上が呪われてさえいなければ……」

政の中心が大臣になれば、皇位の不在で治乱は起きない。であれば皇帝の世継ぎは何人も必要なく、妃妾も宮女も数を減らせる。

そうなれば必然的に、伯飛のような存在も不要になるだろう。

「いいんじゃないか。その礎(いしずえ)はおまえが作れ。私はのちにそれを評価するさ」

情け深い弟の頭に、ぽんと手を置いた。

「やめてください。童ではないのですよ」

伯金が頭の手を払いのける。

「ああ。おまえは幻で誰より立派な男だ。されどかわいい弟でもある」

「兄上は昔から、そうやってすぐ茶化すのです。なんなんですか、もう。私が呪われていればよかったのに……」

　いよいよ伯金は酔いが回ってきたようだ。

「そろそろお開きだな。七日後に会おう」

　伯飛は立ち上がって歩き、部屋の出口で振り返った。

「伯金。私は呪いを帯びている以前に、おまえの兄だ。兄の仕事は弟を守ること。だから呪いは必然で、むしろ私は誇りに思っているよ」

　踵（きびす）を返すと、「なんなんですか、もう」と皇太子の愚痴が背中に聞こえた。


「お帰りなさいませ、殿下。甘福普（かんふじん）はすでにお休みになられました」

「湯浴（ゆあ）みの支度、できてますぜ」

　遅くに辰砂殿に戻ると、従者の葛根と麻黄が出迎えてくれた。ふたりとも元罪人の身の上だが、伯飛にはよく尽くしてくれている。

「すまないな、ふたりとも。ついでに麻黄、ひとつ頼まれてくれぬか」

「はいよ。なんなりと聞きますぜ」

　やや口の荒い麻黄に、「朱梨のことだ」と言伝（ことづて）した。

「委細承知、っと。じゃあしばらく留守にするんで、葛根を頼みますぜ。俺がいなくてさびしがると思うんで、殿下がなぐさめてやってくだせえ」

麻黄の言葉に、葛根が「そんなわけあるか」と怒りだす。

「ああ、任せてくれ。ふたりとも、もう下がって構わない」

伯飛が笑って命じると、ふたりはいがみあいつつ一緒に偏殿へ戻っていった。

「遅かったな、伯飛」

さてと服を脱ぎかけたところで、老師が月餅を喰らいながら顔を見せる。

「まだ起きていたのか、老師。月餅は座って食え」

「ちょっと気になることがあって、調べ物をな。弟たちはどうだ」

老師は疲労を感じているようで、眼帯をはずして眉間を揉んでいた。その傷も仕草も大人だが、月餅をぽろぽろこぼすのは童らしい。

「まあ伯馬が突っかかってくるくらいで、問題はないさ。座って喰え」

「それもぬしの宿命だ。ところで朱梨のことだが」

どうやらそちらが、老師の本題のようだ。

「別に、魔が差したわけじゃないぞ。きちんと考えての妻帯だ。座って喰え」

「莫迦者。おまえは初代だぞ。我と同じように振る舞えると思うな」

老師が食べかけの月餅を、伯飛の顔に投げつけてきた。

落とさずに受け止められたので、椅子に座って口に入れる。

「私は初代ではあるが、呪いを次代に継ぐつもりはない……うまい月餅だ」

「その件だが、朱梨の目は……いや、ぬしにはまだ言わんほうがよいな」

老師が眼帯を戻し、真面目くさった顔で言った。

「なんだ。気になるな」

「まだ調べている途中なのだ。ぬしの死に際には教えてやる」

老師は童子らしからぬ難しい顔をして、月餅のくずを夜着にこすりつけた。

二　朱梨、玉蘭に瓜片茶を振る舞う

「こんにちは、甘福普」

朱梨が後宮内を歩くと、みながそう言って頭を下げる。

福普は皇子の妻の呼称で、「甘」は養子に入る前の朱梨の姓だ。

伯飛からそう名乗るように言われたものの、いまだ自分が皇族になった実感がわかない。

なにしろ茶を入れるしか能のない娘が、茶館を失い、養父母から後宮へと追い立てられ、宮女の選抜に落選したかと思えば、皇子に見初められたのだ。

そんな話を信じろというほうが難しいし、朱梨はいまも疑っている。

だから若い宮女にも丁寧に頭を下げてしまい、くすくすと笑われる始末だ。

「朱梨、もっと堂々としろ。ぬしは皇子の妻だぞ。下ばかり見るな」

傍らを歩く童子が言う。

「すみません、老師」

老師は十歳前後の童子ながら、国家の食客としてもてなされているらしい。

なにを教えて「老師」と呼ばれているのかはわからないが、後宮を自由に出歩ける数少ない男性であるという。

「謝るな。上を向け。その緋目を、みなに見せつけてやれ」

伯飛の辰砂殿には葛根と麻黄というふたりの宦官がいるが、麻黄はしばらく留守にするという。葛根は伯飛の世話があるということで、今日は老師が外出の伴を買って出てくれた。

「そう言われましても……市井でも、堂々としていたことなどないのに」

朱梨は男に不慣れだが、童子の老師はいくらか話しやすい。血眼を忌避しないだけでなく、「緋目」と言い換えてくれるのもうれしかった。

「伯飛は後宮の女たちに好かれている。朱梨が弱みを見せれば、やっかみで刺されるぞ。気味悪がられているうちが華と思え」

いつも奇異の目を向けられてきたので、妬みの視線は実感がわかない。

ただしすれ違いざまに嘲罵（ちょうば）を浴びせられる回数は、市井よりも多い気がした。

「特に下位の妃妾には気をつけろ。やつらは帝の寵愛（ちょうあい）を受ける望みもなく、伯飛だけが唯一の希望だったからな」

「肝に銘じておきます」

「そうじゃない。いますぐ顔を上げろ」

老師が歯を剝き、朱梨を威嚇する。

朱梨は忌み嫌われる血眼を隠すように、ずっと下を向いて生きてきた。

急に顔を上げろと言われても、体のほうが拒んでしまう。

「隻眼（せきがん）の我が、こんなに堂々としているのだぞ。たかが緋目くらいで情けない」

返す言葉もなかったが、ふと妙案を思いついた。

「おい、朱梨。いま『自分も眼帯をつけようか』と思っただろう」

「す、すみません」

「いや、ぜひやってみろ。辰砂殿の人間がふたりも眼帯をしていたら、伯飛が食ったと思われるからな」

叱責されると思ったら、老師は呵々（かか）と大笑いした。

さておき主人に迷惑がかかるなら、眼帯はやめておくほうがよさそうだ。

「老師は殿下と、仲がよろしいのですね」

「……単なる腐れ縁だ」

老師はふっとうつむき、すぐに遠くの空を見やった。

聞かれたくないことだったかもしれないと、朱梨は口をつぐむ。

──これほど親身に接してくれる、老師の機嫌を損ねるなんて。

人から敵意を向けられるのを恐れ、下ばかり見ていたせいだろう。人と向きあって
いないから、人との接しかたがわからない。

それならせめていま学ぼうと、朱梨は勇気を出して顔を上げた。

「ひっ……血眼……殺される！」

「化け物よ！　後宮に呪いの化け物がいるわ！」

宦官ひとりと宮女がひとり、朱梨を見て逃げだしていく。

「誰が化け物だ！　朱梨より我のほうが、よっぽど呪われておるぞ」

老師が両手を掲げた姿勢で、獣のように吠えた。

「まったく、俗物どもめ……おお、着いたな。ここが燐灰宮（りんかいきゅう）だ」

朱梨たちの前に建つ宮殿は、後宮の中では中規模の大きさだった。

中央に大きな庭があり、その周囲に下位の妃妾たちの居室がある。

「我はその辺を散歩してこよう。たまにはくつろげよ、朱梨」

老師が立ち去ると、入れ替わりに玉蘭がやってきた。

「やっときたわね、朱梨。息災かしら」

侍女も連れずに駆けてきて、すぐにこちらの手を握る。

「はい。お待たせしてすみません、李貴人。すぐにお茶の支度をいたします」

玉蘭は下位の妃妾の最上位、貴人の位を下賜されていた。

まずは下位からというのが後宮の習わしであるらしく、半年もすれば玉蘭は上位に封じられると噂されている。

さておき朱梨が伯飛に輿入れしてから、数日がすぎていた。

諸々の手続きが必要だったため、朱梨に出歩ける時間はなかった。

ようやく今日になって体が空き、玉蘭と再会することができたのだった。

「やめて、朱梨。いまはあなたのほうが、わたくしよりずっと位が上なのよ。それとも甘福普と呼べと、当てこすられているのかしら」

「ち、違います……玉蘭さま」

「どうやら朱梨は、わたくしを友とは思ってくれないようね」

玉蘭は拗ねたように、口を尖らせる。

「そんなこと……許してください……玉蘭」

ふふと笑った玉蘭が、また朱梨の手を取る。

「本当に、よかったわ。よかったわね、朱梨」

「……はい。すべてあなたのおかげです、玉蘭さま」

「もう！　あと二回、『さま』をつけたらお仕置きよ」

ふたりとも笑いつつ、うっすら涙を浮かべていた。

「さあ、中へ入って。朱梨には聞きたいことが山ほどあるんだから」


玉蘭の私室に招かれ、朱梨は卓の前に立って茶を入れた。

茶館から持参した茶葉は少なかったが、いまは伯飛が葛根に命じ、あれもこれもと取りそろえてくれている。今日も上質な茶葉を選りすぐってきた。

「瓜片。緑茶にございます」

蓋椀に入れた茶を、玉蘭に差しだす。

「通常の茶は芽を摘みますが、瓜片は葉を折り畳んで作ります。その形状が瓜の種に似ていることから、この名がつきました、古くから親しまれている緑茶で、一杯目は甘くさわやか、二杯目はこくがあり、三杯目でうまみが引きだされます。長くおしゃべりを楽しむ際には、適しているかと持参しました」

朱梨の茶話を聞くと、玉蘭がくすくすと笑った。

「お茶の話だと、朱梨はかくも饒舌になるのね」

「……すみません」

　恥ずかしくなり、うつむいたまま席に座る。

「謝らないで。友のことを知れるのはうれしいわ……ああ、おいしい」

　玉蘭が蓋をずらして、椀に口をつける。

「一杯目でも、十分うまみがあるじゃない。瓜片茶は何度も飲んでいるけど、これは頭の中の理想と完璧に同じ味だわ。さすが茶博士の娘ね」

「私に父のような才はありません。そういう家に生まれただけなのです」

　朱梨はさして器用でもなく、父のように新しい工夫を思いついたりもしない。ただ年端もいかない頃から父の茶を見て、嗅いで、味わってきた。最高の手本のそばにいたから、どうにか茶を入れられているにすぎない。

「やあねえ、朱梨。なにかの才があるっていうのは、それをずっと好きでいられることよ。つまり朱梨が茶博士として花開くのは、これからってことね」

　伯飛にも似たことを言われたなと、胸が温かくなった。

「うれしいお言葉をありがとうございます、玉蘭さま」

「はい、二回目。次に『さま』をつけたら、ものすごく恥ずかしいことをしてもらうわよ」

　それはなんとしても避けたいが、朱梨は思わず頬をゆるめてしまう。

玉蘭には他愛のない会話でも、朱梨には初めての友とのおしゃべりだ。この時間が永遠に続いてほしい。それが無理ならこのまま死にたいとすら思う。

「それにしても、その襦(じゅ)も裙(くん)も朱梨に似あっていて素敵ね。褙子(はいし)もいい色よ。もっとしゃんと顔を上げたら、立派な福普に見えるわ」

玉蘭にじっくり品定めされ、朱梨は恥ずかしさに縮こまる。

「こんな召し物は、見るのも初めてで落ち着きません」

市井では動きやすい旗袍ばかり着ていたので、見目にこだわった衣服は生地が軽いのに肩が凝る。汚しでもしたらと気が抜けない。

かたや玉蘭は、指先には爪を覆う指甲套(しこうとう)、足下は花盆底靴、髪のかんざしや耳飾りといった具合に、装身具まで抜かりがない。

「でも慣れないとだめよ。後宮では、鎧みたいなものなんだから」

それからしばらく、朱梨は市井の常識と異なる後宮のあれこれを教わった。

「後宮は、怖いところなのですね……」

下に見られたらとって喰われる、意地の張りあいの世界らしい。

「そうそう。怖いと言えば、傑女の選抜でわたくしと一緒にいたふたりを覚えているかしら」

覚えている。名前こそ聞かなかったが、ふたりとも傑女に選ばれたはずだ。

「今日も誘ったんだけど、ひとりは朱梨にあわせる顔がないと断ってきたわ。あなたを見下していたのに、いきなり皇族になっちゃったからね」

朱梨はふたりに、まったく悪い印象を抱いていない。最後にはいくらか同情もしてくれたため、会って感謝を伝えたいくらいだった。

「でね。もうひとりは、『幽鬼を見た』と言って臥せっているの。こっちも仮病かもしれないけれど、実際に後宮には『出る』らしいわ」

玉蘭が袂で口を隠し、おどけたように震えてみせる。

朱梨は幽鬼の類を見たことはない。むしろ自身が化け物扱いされてきたので、茶館で客たちが話す怪談話も苦手だった。

「ところで、朱梨。わたくしのかんざしは、お気に召さなかったかしら」

玉蘭の視線は、飾り気のない朱梨の髪に向いている。

慌てて懐に手を入れ、布でくるんだかんざしを取りだした。

「こちら、お返しいたします」

「……まあね。たしかにね。お金に換える必要はなくなったでしょうけどね」

玉蘭が憮然とした顔になる。

その様子に朱梨は焦った。先ほどの老師のときのように、また自分が配慮を欠いた行動をしたのかもと慌てて頭を下げる。

「すみません、玉蘭。こういうときは、お礼の品を返すべきでしたか」

「なによそれ。わたくしが不機嫌なのは、朱梨が忘れちゃってるからよ。わたくしはこれを渡すときに、『友情の証に持っていて』と言ったんだから」

「玉蘭さま……」

感謝を伝えるべきなのに、言葉がまるで出てこない。

代わりに涙がひと雫、卓の上にぽたりと落ちた。

「いやだわ、朱梨。泣くほどのことじゃないでしょう」

「泣くほどです。私はこのかんざしが、どれほどうれしかったことか。今日までずっと、朝に夕に眺めて触れていたのですから」

いままで友がいなかった、というだけではない。

朱梨が危機に瀕したとき、玉蘭は手を差し伸べてくれた。

「泣かないで、朱梨。あなたが苦しむのはこれからよ」

「えっ」

玉蘭の言葉に驚き、朱梨は顔を上げる。

「三回目の『さま』を言ったでしょう。覚悟して。いまからたっぷり、伯飛殿下との暮らしぶりを語ってもらうから」

それが「恥ずかしいこと」であるなら、朱梨は助かったと言える。

なにしろこの数日、朱梨はずっとひとりで眠っていたのだから。

伯飛に求婚された晩、朱梨はただ「はい」と答えた。

うれしいだとか、なぜ自分がなどとは考えていない。朱梨は玉蘭と再会できる機会が得られるなら、身を差しだすことになんの躊躇（ちゅうちょ）もなかった。

その晩は与えられた一室で眠りにつき、朝になると食事が用意されていた。

辰砂殿には宮女がおらず、宦官の葛根が切り盛りしているという。

とはいえ妻を迎えるのだからと、伯飛は引退した宮女を呼び戻していた。

「今日からお世話になる、映山虹（えいさんこう）と申します。甘福普、まずは着替えをいたしましょう。この映山虹にお任せあれ」

映山虹は老婆と言っていいような歳だった。

それもそのはずで、かつては伯飛の乳母をしていたらしい。

しかし動きは俊敏で、朱梨は恥ずかしいと思う間もなく服を脱がされ、上衣（じょうい）裳（も）裾（すそ）を着せられて、顔に化粧も施され、最後に手触りのいい褙子を羽織らされた。

そうしてめったに見ない鏡の前に立つと、そこにひとりの妃がいた。

「おきれいですよ、甘福普」

その妃が自分とは思えないが、右の瞳はたしかに赤い。

呆然としながら食事に向かうと、すでに伯飛と老師が待っていた。

「おお、朱梨。私の思った通りだ。緋色の褙子がよく似あう」

伯飛の顔がいくらか赤いのは、夜通し酒を飲んでいたかららしい。

「我は空腹だ。いいから朱梨も早く座れ」

老師が足をぶらぶらさせながら、童子らしく急かしてくる。

「まあ待て、老師。朱梨、まずは茶を入れてくれ。明日には葛根に茶葉やら茶器やら必要なものは用意させるが、今日はありものでいい」

伯飛に言われ、朱梨は食卓に目を走らせた。

五穀米の粥、蒸した蟹の肉、羊の羹と、塩漬けした野菜。

豪華だが絢爛とまではいかない、朝に適した健康食だ。

「ただちに」

朱梨は持参した行李を漁り、茶器と茶葉を用意する。

厨房で鉄瓶に湯を沸かし、少し冷ましてから食卓へ移動した。

みなが注目する中で、着慣れぬ褙子に難儀しながら手早く茶を注いでいく。

「早業だな。かっこいいぞ、朱梨」

「わかっていないな、老師。朱梨の美しさはたたずまいだ。静止した姿を見よ。さながら白磁の天女だ」

老師と伯飛が囃(はや)すので、手元は無事だったが声はうわずった。

「は、白牡丹(はくぼたん)。白茶にございます」

まずは伯飛と老師に、蓋椀を差しだす。

「ぬるめの温度で入れましたので、食事の味も殺しません。体の熱も下げてくれるので、二日酔いにもよく効きます」

言いながらまた茶を入れ、葛根と映山紅にも手渡した。

そういえば、昨晩いた麻黄という従者がいないと気づく。

「お毒味をせよ、ということですね」

葛根が微笑んで、蓋椀を受け取った。

「いえ、そんなつもりは……」

「毒味なんて必要ない」

伯飛が真っ先に蓋をずらし、椀の茶を嗅ぐ。

「なるほど。牡丹のように、淡く繊細な香りだ。朱梨に似ているな」

伯飛が息をするようにほめるので、朱梨はずっと顔を上げられない。

「味もいい。口当たりは鮮烈な若々しさを感じるが、角の取れた老練な甘みも同時にある。みなも飲め」

伯飛が言って、従者たちも茶を口にした。

映山虹はおいしいと笑い、葛根は目を見開いている。

「朱梨、葛根を許してくれよ。この後宮には、従者のぶんまで茶を入れる妃妾はいないのだ。互いに少しずつ慣れてくれ」

「甘福普。私は茶を飲んでうなったのは初めてです。失礼をいたしました」

葛根が頭を下げたので、朱梨も慌ててまねをした。

それもまたおかしな行いだったようで葛根が笑う。ただし悪意は感じない。

「ところで、甘福普。料理のお味はいかがですか」

食事を用意したらしい葛根に問われ、朱梨は食卓に向き直った。

粥の椀から、ひとさじを口へ運ぶ。

五種の穀物、それぞれのうまみが感じられた。蟹肉や塩漬けの野菜とともに食べると、喜びの涙がこみ上げてくる。

「こんなにおいしいお粥は、いままで食べたことがありません」

「泣くほどとは、朱梨は涙もろいな。作った葛根も本望だろう。食事や茶の注文があれば、なんでも葛根に言ってくれ」

伯飛は笑うが、朱梨は心の底から感動していた。

羊の羹を飲んだときなど、濃厚な肉のうまみに手が震えた。養父母のもとでは満足に食事も与えられなかったので、味だけでなく量にも驚いている。

「すみません、おいしすぎて夢中で食べてしまいました。お茶を入れます」

この料理にあわせるならと、朱梨は棗茶を用意した。

「おお、香りがいいぞ。たしかに棗だ。口の中もすっきりする」

童子が好む茶なので、老師の口にはあったようだ。

「うまかったぞ、朱梨。それでは私は眠る。葛根、映山虹、あとは頼む」

茶を飲み終えると、伯飛は寝室へ下がっていった。

朱梨は自室へ戻り、映山虹から礼儀作法や、皇族としての立ち居振る舞い、そして後宮で覚えておくべき人物について教わった。

日が沈む頃に伯飛が起きてきたので、今度は夕食を共にする。

朱梨はまた茶を入れ、みなに喜ばれた。夜はまた自室で眠った。

翌日以降も、ほとんどこの繰り返しだった。

伯飛に命じられたのは役人との面会手続きくらいで、輿入れだというのに夫の親族にも会っていない。およそ面倒がなにもない。

食事は涙が出るほどおいしくて、人のために茶を入れて喜ばれる。

辰砂殿の人間はみな優しく、書ばかり読んでいる老師とおしゃべりしたり、従者の偏殿を訪ねて茶を入れたり、玉蘭のかんざしを眺めたりしていると、あっという間に一日が終わった。

黙っていれば叩かれる。微笑んでいれば罵られる。養父母の元ではそんな暮らしをしていたので、この数日は朱梨にとって桃源郷にいるかのようだった。


「ちょっと待って、朱梨」

日々の暮らしの様子を語って聞かせると、玉蘭が眉をひそめた。

卓上の瓜片茶は、すでに三杯目になっている。

朱梨がこれほど人と話したのは、母が亡くなって以来だ。

「殿下と別々に寝ているってことは、まだ共寝をしてないってことかしら」

茶を噴きだしこそしなかったが、朱梨は思わず咳きこむ。

「そ、そんなこと、お答えできません」

「真っ赤になっちゃって、かわいらしいこと。でもね、朱梨。友ってこういう話をするものよ。そもそも後宮は、そのための場所なんだから」

それはそうかもしれないが、朱梨はそんな覚悟を持って入宮していない。

ただ友がどうしてもと望むのなら、恥は忍ぶべきだと思う。

「その……同衾はまだです。輿入れしたら、すぐにそうするものですか」

その手の作法について、葛根や映山虹からは教わっていない。茶館で客らが話していた内容から、いくらか知識があるだけだ。

「そりゃそうよ。昼間は寝ていると聞いたけど、夜の殿下はなにをしているの」

「詳しくはわかりませんが、夜はどちらかに出かけているようです」

「なんですって」

片眉を上げた玉蘭の剣幕に、朱梨はうろたえた。

「伯飛皇子は、とんでもない殿方だわ。娶ったばかりの妻を放っておいて、夜這いをかけているなんて。いったいなにを考えているのかしら」

「それは……おそらくですが、殿下は私の境遇を憐れんで、茶を入れる仕事を与えてくださったんだと思います」

実際に伯飛は、よく朱梨に茶をせがむ。薬茶を入れると「苦い」と不満をこぼしながらもきちんと飲むので、朱梨もうれしい。

ただ逆に言えば、それ以外はまったく求められていなかった。そういう意味で朱梨は自分が妻ではなく、従者のひとりという扱いなのだと思っている。

「それだったら、宮女として雇えばいいだけの話でしょ。皇族がわざわざ妻に迎えるなんて、単なる施しではできないわ」

玉蘭の言うこともっともだが、伯飛の内心はうかがえない。

「ちなみに朱梨は、殿下のことをどう思っているの」

真っ先に思い浮かぶ念は、恩人に対する感謝だ。

　ただし玉蘭が聞きたいのは、夫に懸想しているのかということだろう。

　正直に言えば、わからない。

　朱梨がこれまでに接してきた異性は、亡き兄くらいだ。兄と会えなくてさびしいとは思うものの、恋慕の情とは違う気がする。

　いまの朱梨が伯飛に抱いている感情は、兄への偲び、玉蘭との友情、そういったものと似ているようで、どこかが少し異なっていた。

「私は殿下を、お茶を飲んでいただきたい人だと思っています」

「憎からず、ってところかしら。まあ最初はそんなものよね」

「それはよくわかりませんが、殿下はやはり壮健とは言えません。いつも顔色が優れないので、滋養にいいお茶を入れているのですが……」

　茶は薬だといっても、効能が即座に発揮されたりはしない。

　しかし薬茶を数日も飲めば、回復の片鱗くらいは見えてもいいはずだ。

　なのに伯飛は、いまだにやつれているように見える。

「きっと逢瀬の女たちに、精からなにから吸い取られているのよ。いいわ。わたくしが直接、殿下に上奏します」

　鼻息を荒くする友を、朱梨は引き留めた。

「よいのです、玉蘭。いま死んでも悔いがないほど、私は幸せです」

自分が茶を入れたい人がいて、それを飲んでもらえるだけで十分だ。

ただそれゆえに、伯飛の健康状態は気になっている。

「でも、殿下の行動は妙よね。陛下の側女に手を出すくらいに好色なら、妻にもそうしたっていいはずなのに」

友というのは、本当にここまで明け透けに語るものなのだろうか。

答えは知りようがないけれど、玉蘭が望むならと朱梨はどうにか口にする。

「それは私が……殿下の望む美女とはほど遠いからでしょう」

朱梨には自尊心などかけらもない。血眼であることを除いても、自身の器量などたかが知れていると思っている。

「そういえば、殿下には噂があったわね。目を呪われているとか。それが醜女を好むという意味なら、手を出されない朱梨は逆に美女ってことよ」

仙人同士の問答のようで、頭が混乱してきた。

「それは……噂のほうが、間違っているのではないでしょうか」

「朱梨の見目は優れているわよ。肌は白いのに、唇は赤々としていて。顔を上げたときなんて、このわたくしですら見とれてしまうわ。赤い瞳ってやっぱり素敵よ」

世辞の類とわかっていても、頬はしっかり熱を持つ。

「玉蘭が茶商なら、私は茶葉を仕入れすぎて途方に暮れるでしょう」

「それはちょっと、意味がわからないわね」

玉蘭の苦笑を見て、朱梨はますます赤くなった。

「すみません。いままで友とおしゃべりをしたことがないもので……」

「うまいことを言って、わたくしを笑わせようと試みる。その気持ち自体がうれしいわ。友として確実に近づいているものね。笑えなかったけど」

最後の言葉で、朱梨も思わず笑ってしまった。まだまだ汗をかいたり、恥をかいたりするけれど、友との会話はこんなにも楽しい。

「さておき朱梨は妻なんだから、夫に夜遊びをやめろと言う権利はあるわよ」

「そんなこと……私はただ、殿下の健康を慮っているだけです」

「そう言うと思ったわ。ここはわたくしに任せて」

いいことを思いついたという顔で、玉蘭は不敵に笑った。

三　朱梨、夫の不貞を窓からのぞき見る

窓から差しこむ月の光が、煌々と寝室を照らしている。

朱梨は寝床に入っていたが、まどろみは訪れていなかった。

茶会で玉蘭と話したことを考えると、不安に似た感情がせり上がってくる。

——私は、殿下のことをなにも知らない。

妻という立場でありながら、宮中で聞く噂と同程度しか夫を理解していない。

伯飛は第一皇子でありながら、どうして立太子できなかったのか。

なぜ公務を放棄し、それが許されているのか。

ほかの皇子と違って、後宮に居を構えているわけは。

小さな童子を老師と呼び、厚遇する理由は。

血眼の娘を宮女ではなく、妻として迎えた意味は。その妻に同衾も求めず、婚礼の儀さえも行わない意図は。

ざっと考えただけでも疑問は尽きない。

しかし朱梨は、それを伯飛に尋ねようとしたことすらなかった。

もともと人との距離を保つ性格だし、なにより相手は幻の第一皇子だ。なにを聞いても失礼に当たると控えてしまう。

——でも……殿下は私に生い立ちを尋ね、親身に枷を解いてくれた。

まだ父が存命だった頃、朱梨は茶博士に認められようと必死だった。

友もおらず、兄も流行病で失い、朱梨の世界には両親しかいなかった。

父に学び、その一挙手一投足をまねて茶を入れると、いつもほめてもらえた。晩年の父は朱梨を見て、「私そのものだな」とまで言ってくれた。

いま思えば、あのときの父はさびしそうだった気もする。けれど朱梨は「私そのもの」をほめ言葉だと信じこみ、父の死後も茶館を維持することに固執した。だから茶館の閉館で、すべてを失ったと感じたのだろう。

伯飛はそれを、「終わりではなく始まり」だと言ってくれた。この身に幸せを与えてくれただけでなく、心までも救ってくれた。

人々にささやかれているような暗愚では決してないと思う。

──心から礼を尽くさねば、茶での感謝は伝わらない。

伯飛がなにを思い、なにをしているのか知らなければ、仮初め（かりそ）の妻としても責務を果たせない。畏れすぎては真に敬えない。

──明日は勇気を出して、殿下とお話ししてみよう。

朱梨がよしと決意したとき、まさにその人の声がした。

「行ってくる。老師、留守を頼む」

「我に任せておけ。伯飛、女との戯れはほどほどにな」

伯飛と老師が、宮殿の入り口で話しているようだ。

おそらく伯飛は、これから妃妾の閨に赴くのだろう。

嫉妬の念こそ湧かないが、朱梨は伯飛を心配していた。玉蘭が言ったように逢瀬で精気が失われるのなら、夜這いで体の回復は遠ざかる。

とはいえ朱梨は、伯飛を引き留められる立場でもない。妻なのだから立場はあるかもしれないが、夫のことを知らない身では説得力がない。

いきなりの手詰まりに煩悶していると、こんこんと窓を叩く音がした。

「朱梨、出てきて。殿下を尾行するわよ」

玉蘭のささやき声が、窓の向こうから聞こえてくる。

朱梨は慌てて起き上がり、障子窓を開けた。

「現場を押さえて恫喝すれば、皇子も夜遊びをやめざるを得ないわ」

猫のように身を縮めた玉蘭が、にやりと笑う。

「玉蘭、おひとりでいらしたのですか」

「当たり前でしょ。こっそり抜けだしてきたんだから。ほら、朱梨も早く」

取るものも取りあえず身支度をして、玉蘭の手を借りて窓から外へ出る。

「危険です、玉蘭。従者も連れずに夜の外出など。あなたは貴人なのですよ」

「そっくりそのまま、殿下に言ってあげて。さあ、追うわよ」

玉蘭が進んだ方向に、ぼんやり動く明かりが見えた。伯飛の行灯だろう。あちらもやはり供を従えていない。

男の伯飛はともかく玉蘭を守らねばと、朱梨は闇に意識を集中させた。

するとどこかで、なにかの気配をぼんやりと感じる。

近くに誰かがいる。どこか遠くで動物が鳴いた。そういった感覚ではない。

ただ視界の中に、ぼんやりと赤い光を感じた。

――大事なときなのに……しっかりしないと。

朱梨は茶を入れるときなど集中した際、まぶたの裏に赤い光が動くのを感じることがある。それが自分だけに起こる現象だとわかってからは、血眼のせいだと考えていた。自分に向けられた呪い、すなわち病の進行が赤く見えているのだと。

「どの宮殿に行くのか楽しみね。これで殿下の目が呪われているかわかるわ」

玉蘭はうきうきと楽しげだ。

伯飛は醜女の閨ばかり訪れるため、目が呪われていると噂されていた。忌み嫌われる血眼を持つ身としては「さもありなん」と思うが、枕を同じくしていない妻としては首をひねるばかりだ。

「まあわたくしの勘だと、十中八九は嫉妬した妃妾が流した悪評よ。自分の閨に訪れないなんて、殿下の目はおかしいって……というか、ずいぶん遠い行啓（ぎょうけい）ね。こっちに宮殿なんてあったかしら」

月が明るいおかげで行灯は必要ないが、地理に不慣れな朱梨は自分がどこにいるかもわからない。なんとなく後宮の端だろうと見当をつける。

しばらく伯飛を追っていると、やがて目的地らしき建物が見えてきた。

人の気配のない、さびれた宮殿に伯飛が入っていく。僻地の宮殿は人が寄りつかず廃宮になりやすく、人目を忍ぶ逢瀬にうってつけだそうだ。

「後宮の妃妾は、すべて皇帝陛下の妻。だから姦通が明るみに出れば、死罪は免れないわ。それは皇子であっても同じはずよ」

玉蘭の言葉に、妻ながらも夫の行いが露見せぬようにと祈る朱梨だ。

「中に入るのはさすがにまずいわよね。裏手に回りましょう」

慣れた様子で身を屈め、玉蘭は建物の壁伝いに忍び足で進む。

朱梨もまねをして、下草を踏み分けて中腰で進んだ。

「ねえ、朱梨。殿下が命を賭してまで会いたいのは、どんな相手かしら」

「それは……わかりませんが、気にはなります」

「あら、朱梨。あなたにも嫉妬の心があったのね」

伯飛は大切な主人だが、恋しいと感じているわけでもない。なのにその相手が気になるなんて、夫を愛していないのに支配はしたい玫瑰夫人のようだ。

「私は、嫉妬しているのでしょうか」

「伯飛殿下を『暗愚』だとか『呪われた子』だとか見下していたくせに、いざ朱梨が輿入れをすると、あなたに呪詛を吐く女たちがいたでしょう」

「今日、すれ違いざまに『匹婦のくせに』と罵られました」

血眼ではなく、身分の卑しさを誹られたのは初めてだった。

「なんで平民があの皇子に、ってところね。そういう単なるやっかみに、愛情の有無なんて関係ないわ。自分より幸せな人間は、すべて妬みの対象になるのよ。妃妾の位や羽振りでそれが見える後宮は、まさに嫉妬の巣窟ね」

「嫉妬の巣窟……」

朱梨が身震いすると、玉蘭がごめんなさいと笑った。

「陛下のお渡りが多い妃妾は、よく殺されかけているそうよ。でも朱梨はそこまでもないはず。とはいえ殿下は美男だから、嫉妬はされるってこと」

つまりは朱梨も、その感情を持ってもおかしくはないということだろう。

「いいところに窓があったわ。それじゃあ、相手のご尊顔を拝見しましょう」

玉蘭が朽ちかけた窓の下に向かい、ひょいと腰を上げる。

「いるわ。いるわよ、朱梨」

自分が嫉妬に駆られませんようにと祈りつつ、朱梨も玉蘭の隣でのぞいた。

室内は暗かったが、牀に細身の女性が腰かけているのはわかる。

かすかな月明かりが照らす肌は青白く、頬にもまるで赤みがない。されど目鼻立ちは整っていて、高貴な麗人という印象だった。

「誰かしらね。見覚えがないわ」

玉蘭が首を傾げていると、そこへ行灯を持った伯飛が現れる。

「おお、なんと美しい。私に抱かれるために生まれてきたかのようだ」

伯飛は牀に腰を下ろすやいなや、麗しの女性を押し倒した。

「どうぞ、妾をお抱きになって。心ゆくまで肌を重ねましょう」

相手が伯飛の背中に腕を回す。

「どっちも知性のかけらもない物言いね。特に皇子には幻滅だわ」

隣で玉蘭が顔をゆがめるが、朱梨はそれどころではない。

男女のそれを見るのは初めてだし、形だけといえ伯飛は夫だ。

「ああ、おまえの肌は氷雪のようだ」

身を起こした伯飛が女の片足をつかみ、踵に自らの顔をあてがう。

いよいよ朱梨が目をそらすと、傍らの玉蘭は頬を染めつつ目を見開いていた。現場を押さえた状態であるのに、声を上げる素振りはない。

もちろん朱梨にだって、そんなことはできない。かと言ってこのまま見ているのもはばかられるので、もう帰ろうと玉蘭に言いかけたときだった。

「……ほう、よい香りがするな。やはりおまえは、『鬼』だったか」

伯飛の声音が変わっていたため、朱梨は再び窓をのぞく。

「そなた、何者ぞ」

女が床に飛び退いた。さっきまで牀で体を重ねていたふたりは、いまは立ち上がって互いににらみあっている。

「私を知らぬか。そちらは服装からして、先帝の廃妃といったところかな」

「なにを言っているかわからぬ。妾を抱かぬなら去れ」

廃妃と呼ばれた女が凄みを利かせる。

鬼気迫る迫力に朱梨も玉蘭もおののいたが、伯飛はまるで退く様子がない。

「恐れなくていい。私はおまえの未練を断ちにきた。こう見えても皇子だ。おまえが向こうにいくために、できる限りの手を貸そう」

敵意はないというように、伯飛が手を差し伸べる。

「戯れ言を」

廃妃が吐き捨てた瞬間、その姿が宙に舞った。

「な、なにあれ……浮いてる……」

傍らの玉蘭が目を丸くしている。

伯飛の頭の高さで滞空する廃妃を見て、朱梨は驚きで声も出せない。

「妾に未練などない！　妾を裏切った帝はとうに死んだ。それでも恨みが晴れることはない。せめてものなぐさめに、血筋のそなたを引き裂いてやろう！」

人ならざる者の動きで、廃妃が伯飛に襲いかかった。

「であれば、しかたあるまい」

伯飛が自らの腰に手をかける。

佩いていた二本の剣の一本を抜き、廃妃に向けて逆手に構えた。

「おのれ、巫士か！」

廃妃は真横、朱梨たちのいる窓に向かって飛び退いてきた。

「いやあっ！」

廃妃の形相を正面から見て、玉蘭が悲鳴を上げて尻餅をつく。

「ちょうどよい。その娘の体、使わせてもらう」

廃妃が建物の壁をすり抜け、地面に倒れた玉蘭に突っこんできた。

刹那、朱梨は玉蘭の前に立ちふさがる。

ぞっとするような冷たさとともに、廃妃が朱梨の中に入ってきた。

声が出ない。体を動かそうにも、それが自分のものという感覚がない。

「朱梨！」

窓を突き破り、伯飛も裏庭に転がり出てきた。

「剣を捨てよ、巫士。さもなければ、この娘の舌を食いちぎるぞ」

朱梨自身はなにも言っていないのに、口が勝手に動いている。

「わかった。言う通りにしよう。その娘には手を出すな」

伯飛が構えていた剣を放り捨てた。続けて腰に佩いたもう一本も投げる。

軽い音がしたので、二本目は木剣だったようだ。

「それでよい。まだ動くなよ」

転がっていた鉄の剣を、朱梨の右手が勝手に拾った。

——やめて、ください……。

どれだけ強く念じても、朱梨は自分の意思で体を動かせない。

けれど剣を握った手と、それを振りかぶった感覚だけは伝わってくる。

「死ぬがよい！」

支配された朱梨の体が、空手の伯飛に斬りかかった。

振り下ろされる剣の真下に、伯飛がまっすぐに突っこんでくる。

伯飛の両腕が朱梨の体を抱きしめた。

止まらない朱梨の右手が、伯飛の肩に剣を振り下ろす。

「ぐっ……！」

伯飛はうめきながらも、朱梨の背中をぱんと叩いた。

「捻魄(ねんぱく)の札を貼った。冥に去ったほうが楽だぞ」

その声を耳元で聞いたとたん、ふいに体の感覚が戻った。

地面を見ると、言葉にならない叫び声を上げて廃妃がのたうち回っている。

「老師、朱梨を追ってきたんだろう。あいつを楽にしてやってくれ」

伯飛が言うと、どこからともなく老師が走ってきた。

老師は走りながら木剣を拾い、大きく飛んで倒れた廃妃に振り下ろす。

「おのれ……この恨み……」

廃妃は断末魔の叫びを上げ、伏して動かなくなった。

「餞(はなむけ)だ。幽都で茶代にせよ」

老師が倒れた背中に銭を放ると、廃妃の体が煙のように消えていく。

「大丈夫か、朱梨」

目の前に伯飛の顔があった。心配そうな眼差しに疲れがにじんでいる。

「私は大丈夫です。殿下こそ、お体は」

「かすり傷だ……くっ」

斬られた肩が痛むのか、伯飛が顔を歪めた。

「血がこんなに……戻って手当てをしないと」

朱梨は伯飛に肩を貸そうと、たくましい腕を持つ。

「わ、わたくしも手伝いますわ」

玉蘭も怪我はないようで、立ち上がった。

「いい、いい。ふたりとも大げさだ。このくらい、私にはいつものことだ」

伯飛が朱梨の腕をすり抜け、落とした剣を拾いにいく。

「それより朱梨は、なぜここにいる。噂を真に受け妬いてくれたか……ぐっ」

伯飛は苦痛に顔を歪めながらも、うれしそうだった。

「殿下、そんなことを言っている場合では」

朱梨はめげずに、伯飛に走り寄って肩を貸す。

「そうよ！　無事と言うなら、まずは説明していただかないと」

玉蘭が朱梨の反対側に回り、伯飛の体を支えた。

「殿下は何者ですか。巫士とはなんです。廃妃と呼ばれた女は幽鬼ですか。なぜ皇子がひとりで幽鬼退治を。この童はなんの老師ですか」

玉蘭がまくし立てると、勘弁してくれと伯飛が顔をしかめる。

「まるで母上のようだ。玉蘭よ。そんなことでは父上も伯金も、おまえの夜伽を求めてくれないぞ」

「どうぞ。好きなだけ茶化してくださいな。誰になにを言われようとも、わたくしは国母になる女ですので」

「面白い女だ」

「殿下にだけは、言われたくないですわ」

自分よりも伯飛に親しむ玉蘭を見て、朱梨は少し羨ましく思った。

——これは、嫉妬……。

どちらかと言えば玉蘭のような気安い人になりたいという憧れだが、相手が伯飛でなくてもそう感じたかはわからない。

「おい、伯飛。じゃれあっている場合じゃないぞ。その小うるさい娘の悲鳴を聞きつけて、誰かくるやもしれん」

老師が不機嫌に言うと、すぐさま玉蘭が噛みついた。

「小うるさいですって。なんて無礼な童なの。いいこと。わたくしの李家は傑女名簿に載る八旗の中でも一番の——」

「わかった、わかった。明日あらためて話してやる。ともかくいまは去るぞ」

渋々の体で老師が言い、朱梨たちは辰砂殿へと戻った。

四　朱梨、龍井茶を入れ伯飛を知る

辰砂殿の厨房は、そう大きくない。

食事の用意は従者が住まう偏殿で行い、宮殿内では温めなおす程度だ。

そんな小さな厨房の一角に、伯飛が棚を設えてくれた。

棚に並んでいるのは大小様々な壺で、これは茶缶と呼ばれている。

茶は基本的に、六種類に分けられる。

その水色（すいしょく）から「緑茶」、「黄茶（きちゃ）」、「黒茶」、「白茶」、「青茶（あおちゃ）」、「烏茶」だ。

茶葉にはある種の成分があり、摘んで放っておくと発酵が進む。

加熱して発酵を止めたものが緑茶、黄茶、黒茶。

白茶、青茶、烏茶は、葉を熟成させたものだ。

茶缶のほとんどは磁器の壺で、密閉することで酸化を防げる。一部の黒茶は熟成させることでうまみが変わるため、そうしたものは素焼きの茶缶に収めていた。

――人数が多いときは、万人に好まれるものを。

朱梨は並んだ茶缶を眺め、うちのひとつを手に取る。

棚の向かいには、腰の高さの机があった。

机上には朱梨が持参した竹製の茶盤や、慣れ親しんだ小ぶりの茶壺、そして六君子（ろくくんし）と呼ばれる茶挟（ちゃばさみ）や茶匙（ちゃさじ）のひと揃いが置いてある。

その脇には伯飛が用意してくれた、珠玉の茶器が並んでいた。大ぶりの茶壺にはきらびやかな三色の菊が描かれ、蓋椀も蓮や鳳凰（ほうおう）の絵で飾られている。どれもが繊細な意匠（いしょう）で、うっとりと見入ってしまうことがしばしばだ。

しかしみなを待たせているため、朱梨は茶器の誘惑を振り切って湯を沸かす。

六色の茶の中で、もっとも生産量が多いものは緑茶だ。

緑茶は摘んだ茶葉を釜で炒り、乾燥させて作る。中でも高価な代物は一芯一葉(いっしんいちよう)、すなわち新芽に生えた葉を一枚だけ摘んで作る、このお茶だった。

「龍井(りゅうせい)。緑茶でございます」

朱梨は謁見室(えっけんしつ)に移動し、七杯の茶を蓋椀に入れた。

卓を囲んでいるのは伯飛、老師、玉蘭に朱梨で、そばには葛根、そして昨日いずこからか戻ってきた麻黄と、朱梨の侍女の映山虹が控えている。

「龍井の香りは豆に近く、味にはふっくらした甘みがあります。食事では取りにくい栄養が含まれているので、養生(ようじょう)にも適しています」

茶話を語っている間に、みなが蓋椀の蓋をずらした。

「豆の香りとは言い得て妙だ。香ばしくもあり、青臭くもある。味は……『豊か』のひとことだな。およそ欠点が見つからない茶だ」

伯飛は緑茶を好むようで、中でも龍井を気に入っているようだ。

「たしかに茶はうまいが、もっとましな菓子はないのか」

老師は卓上を見て、辟易(へきえき)としていた。

清香茶館は純粋に茶を喫する店だったので、食事はもとより茶菓子もほとんど提供していなかった。ゆえに目下の卓に並んでいるのは、南瓜(かぼちゃ)と向日葵(ひまわり)の種が数粒。ましなところで干し棗と、砂糖漬けの梅だった。育ち盛りの老師は不満だろう。

「老師。こんなものでよければ、お出しできますよ」

葛根と麻黄が、蒸籠を抱えてやってきた。

「おお、うまそうな匂いだ。これはなんだ、葛根」

「甘福普が入れた茶の出涸らしを蓮の葉にくるみ、栗を入れた饅頭と一緒に蒸してみました。このお茶には、あわないかもしれませんが」

葛根はうかがいを立てるように、朱梨をちらりと見る。

「私も、食べてみたいと存じます」

茶館で働いていた頃ならば、香りが強いものは困ると答えただろう。けれどいまの朱梨は伯飛の妻で、夫の食客が求める菓子を拒むつもりはない。

「うまいぞ、これ。ふかふかで甘い」

早速に食らいつく老師を、玉蘭が鼻で笑う。

「さすが童は単純なこと。茶の香が加わったことに着目すべきでしょうに」

「この跳ねっ返りめ。なんで我に突っかかってくるのだ」

「最初に突っかかってきたのは、どっちかしら」

ふたりのやりとりがおかしくて、朱梨はくすくすと笑う。

養父母の下では笑ったことなどなかったのに、後宮にきてからは自然と笑みがこぼれてしまう。

さりとて諍いは鎮(しず)めねばと、朱梨はおなじみの茶言(ちゃげん)を口にした。

「茶の味と香りは飲むほどに薄くなりますが、友情と縁は茶を一緒に飲むほどに濃くなると言います。おふたりとも、もっとお茶を飲みましょう」

蓋椀に湯を継ぎ足すと、ひとまずふたりは落ち着いたようだ。

「朱梨も食(しょく)せ。老師が言ったように、葛根の饅頭はうまい。茶の香もいい。さしずめ茶栗饅頭(ちゃくりまんじゅう)といったところだな」

伯飛に促され、朱梨も茶栗饅頭を口にした。

まず茶の芳しさを鼻が嗅いだ。朝に入れたのは焙じた黒茶だったので、ことさらに香ばしい。栗の甘みが引き立っている。

龍井も懐が深い茶であるため、多様な香りとも争っていない。

「老師がおっしゃったように、ふかふかでおいしいです。これからもお茶の相性などは気にせず、お茶菓子をいただけたらうれしいです」

朱梨の言葉に、日頃はしかめ面が多い葛根が相好(そうごう)を崩した。

それを麻黄がからかって、またみなで笑う。

「お茶も茶菓子もおいしいですが、そろそろ本題に入っていただきたいですわね」

玉蘭の提言に、伯飛と老師が目をあわせた。

「いたしかたあるまい。最初に問おう、李玉蘭。ぬしは口が軽いほうか」

「おしゃべりは好きですわ」

「よし、散会」

「ですがここで聞いたことは、誓って誰にも漏らしません」

「なぜ言い切れる」

老師が不審そうに、目を細めて玉蘭を見る。

「廃妃がわたくしに向かってきたとき、朱梨が身を挺して守ってくれました。そんな友の夫の秘密を、どうして吹聴できましょうか」

目があった玉蘭が、にっこりと微笑んだ。

朱梨は友を守りたいとは思っていたが、勇敢さなど持ちあわせていない。とっさに飛び出せたのは、いまだ自分の命を軽んじているからだろう。

かといって、それをこの場では言えない。

あのとき伯飛は、自らが傷つくことを厭わなかった。廃妃に支配された朱梨を突き倒し、札を貼ることは造作もなかったはずだ。

なのに身を挺して守った相手から、「私を守る必要はなかった」というようなことを言われたら、伯飛はきっと悲しむだろう。

人と交わるのが不得手な朱梨にも、それくらいの分別はつく。

「わかった、跳ねっ返り。ぬしを信じて説明しよう」

老師がうなずき、茶を飲んでから口を開く。

「人は心と体、それぞれに魂がある。陽の魂が体から抜けると人は死に、体に残った陰の魄もやがて消える。ここまではいいか」

老師の問いに、玉蘭が無言でうなずく。

それは幻の人々ならば、誰もがうっすらと知っている概念だ。

「しかし恨みが強い者は、魂が抜けても魄が精神となって生き続ける。これがすなわち幽鬼だ。外海の大陸では、『幽霊』などと言ったりするらしい」

「それはつまり、春夏秋冬の歌にあるような意味かしら」

玉蘭が言っているのは、これも幻の民ならみなが口ずさんだ童歌だろう。

春夏秋冬　刻々　時々
人は死すれば冥へ去に　閻羅に功罪質される
裁きの末に十獄を　巡って再び世へ出ずる
恨み多きは鬼となり　現世に留まり呪詛を吐く
殺めど屠れど怨晴れず　積もり積もって城覆う
仙師は邪祟を打ち払い　王のお側に侍り死ぬ
戦士は色を好まじと　また繰り返し世を生くる

「そうだ。幽鬼は陰の存在ゆえに、足りない陽の気を奪おうと人を惑わす。後宮には女しかいない。必然的に、ああいった風に男を取りこむ」

「そもそも『廃妃』と呼ばれたあの女は、本当に幽鬼だったのかしら」

玉蘭が質問を挟む。

「いい問いだ。幽鬼は一見しただけでは、人と見分けがつかない。この後宮にも数多いる。陰の気が強い夜になると姿がはっきりして誰にでも見えるが、陽の気があふれる昼間に見えるのは『視鬼』の力を持つ者だけだ」

ゆえに朱梨も玉蘭も、廃妃がはっきり見えたのだろう。

「では幽鬼と人でなにが違うか。まず幽鬼の体は恐ろしく冷たい。しかし弱っていれば生者であっても、体温はかなり低くなる。決め手にはならん」

昨晩、伯飛は廃妃を抱いて「氷雪のような肌」と言っていた。

そういえば朱梨が辰砂殿に招かれた際も、伯飛はしっかりと手を握っている。肌のぬくもりについても言及していた。幽鬼と疑われていたのだろうか。

「最後に見極める点は、足の匂いだ」

玉蘭が、「なんですって」と老師に聞き返す。

「二度も言わすな。死者が導かれる幽都への道には、花が多く咲いている。魂を失い魄で繋がれている幽鬼の体も、足先は召されたがっているのだ。ゆえに足だけ見えない幽鬼もいるし、足があれば甘い花の香を放つ」

それで伯飛は、廃妃の足に顔を押し当てていたようだ。意味はわかったがあの光景は衝撃的すぎて、易々とは受け入れられそうにない。

「幽鬼という存在については、おおよそ理解しましたわ。わからないのは――」

玉蘭が言葉の途中で、ちらと朱梨を見る。

「なぜ一国の皇子が、供も連れずに夜な夜な幽鬼を退治しているかです」

「まあ不可思議であろうな。要するに、因果なのだ」

老師がずずっと、龍井茶をすすった。今夜はあまり童らしさを感じない。

「後宮には不慮の死が多い。妃妾はやっかみで毒を盛られ、宮女や宦官は主人の機嫌次第で命を弄ばれる。ゆえに幽鬼は絶えず現れるのだ」

玉蘭から聞いた「嫉妬の巣窟」の話とわかり、朱梨の背中に悪寒が走る。

「幽鬼を野放しにすれば死者が出る。ときには皇帝にさえも牙を剝く。そんな歴史を繰り返した結果、皇家の血筋に鬼を退ける力――すなわち巫士の才を持つ者が生まれるようになったのだ」

「それが、殿下なのですか」

たまらず朱梨は、伯飛に尋ねた。

「ああ。このことを知っているのは、いまこの場にいる七人。ほかは父と母、二弟の伯金だけだ。他言は無用で頼む」

伯飛が念押しするように言い、老師に目線で続きを促した。

「うむ。巫士と言っても、特別な才はほぼない。昼でも幽鬼が見えるくらいだ。基本は鉄剣で幽鬼を弱らせ、桃の木剣で幽都へ追い返す。呪符を使う者もいるが、伯飛は好まない。捻魄の札は幽鬼を苦しめる。無駄に慈悲深いのだ、こやつは」

「単に不得手なだけさ。続きは私が話そう」

伯飛はやはり飄々としている。

「あの廃妃は、先帝に冷宮送りにされた妃妾のようだ。その魂が朽ちた頃には、帝が代替わりしていたらしい。晴らせぬ恨みを抱え続けた廃妃は悪鬼となり、これまでも多くの門塀や官吏の陽の気を吸い尽くしている」

「そういえば、以前に聞きましたわ。宮仕えしたばかりの新兵が、廃宮で干からびて死んでいたという噂を」

玉蘭が言って、小さく身震いした。

「耳聡いな、跳ねっ返り。宮女との逢瀬を求め、後宮に忍びこむ不埒者は多い。廃妃はまさに、そういう輩を糧にしていた幽鬼だ」

やはり今宵の老師は、物言いが達観している。

「民話にも、その手の話は多いですわね。幽鬼との恋物語が」

「男(をのこ)の目から見ればそうだろう。だがたとえ交わらずとも、幽鬼のほうに悪意がなくとも、人はやつらのそばにいるだけで陽の気を吸われるのだ」

玉蘭が言った「精を吸われる」は、ある意味では正しかったようだ。毎晩のように幽鬼と逢瀬を重ねていれば、伯飛は消耗していくばかりだろう。

しかしそれでは、伯飛の回復は見こめない。それどころか——。

「つまりだ。伯飛は遠からず、死ぬ」

朱梨の心を見透かしたように、老師が言った。

予想のできる答えであっても、朱梨も玉蘭も動揺が隠せない。

「落ち着け、ふたりとも。これは巫士の力を持つ者の宿命なのだ。後宮でささやかれる『呪われ皇子』という言葉は、そう的外れでもない」

伯飛を責めないでくれというように、老師が朱梨を見て眉を下げる。

——私と殿下は、同じ存在。

呪われた者と、人々に遠ざけられるだけではない。

その命の炎が消えかけている点も、朱梨と伯飛は共通していた。

だからといって、それを簡単に受け入れられはしない。

「殿下以外に、巫士さまはいらっしゃらないのですか」

自分と違って伯飛の死は避けられるかもと、朱梨は気忙しく尋ねる。

すると老師が、自分を指さした。

「ぬしの目の前におる。だが我は見ての通り童だ。知恵はあっても力がない。伯飛の供をしても足手まといになる。無理をすれば、ほれ」

老師が眼帯をめくり、眼窩に走った傷痕を披露する。

「昨夜も休むつもりだったが、朱梨が辰砂殿を抜け出たのがわかったからな。ひとつしかない眠い目をこすって、渋々に追いかけたというわけだ」

「ほかに……幻の広大な地には、ほかにも巫士さまがいらっしゃるのでは」

朱梨はすがるように、老師に尋ねた。

「幻よりもずっと昔、蒼の時代には多くいた。幽鬼を滅ぼすべく、市井の巫士を後宮に招いたこともあった。だが欲に負けて妃妾を拐かしたり、力を得て政に首を突っこんだりと、ろくなことがなかったのだ」

「後宮は外へ開かれるべき場所ではない。老師はそう言っている」

伯飛は諦観したような笑みを浮かべている。

「必然的に、皇族自身が幽鬼を討つしかない。老師は蒼の時代から、我らに鬼の退けかたを指南してくれている巫士だ。巫術の祖とも言えるな」

「蒼の時代って……何百、いえ、千年も前ですわよ」

玉蘭があきれ顔で言うと、伯飛がにやりと笑う。

「童歌にもあるだろう。『仙師は邪祟を打ち払い、王のお側に侍り死ぬ。戦士は色を好まじと、また繰り返し、世を生くる』。あれは老師を讃えた歌だ。老師はあの時代から転生を繰り返し、繰り返しずっと我らを見守っている」

伯飛の話は、にわかに信じられない。しかし朱梨は、実際に幽鬼と戦うふたりの姿を目の当たりにしている。老師の達観にも納得はいく。

「こんな形なのに、恐ろしい宿命を背負っているのね……」

玉蘭も意外や素直に信じ、感想をつぶやいた。

「こんな形とはなんだ、莫迦者。我は伝説の巫士ぞ」

「伝説の巫士……この童がねえ」

玉蘭は伝説を疑うというより、老師という存在を侮るような目つきだ。

「ともかく、朱梨よ。巫士として生まれた者は、幽鬼退治に身を捧げる定めだ。ゆえに特権もある。伯飛の代わりはおらぬからな」

公務を免除され、気軽に妻を娶れたのは、そういうわけだったようだ。

「妻の身にはつらかろうが、宿命からは逃れられぬ。夜はおとなしくしておけ」

老師の言葉に打ちのめされるも、朱梨はなお食い下がった。

「殿下。私になにか、できることはありませんか」

「朱梨、自分を責めなくていい。この怪我は、私の不徳の証だ」

「そうではありません。妻として、私は夫の役に立ちたいのです」

「どうした。朱梨は夫を愛してなどいないだろう。私の元へやってきたのは、玉蘭と交わるためではないか」

伯飛は笑って言ったが、そこには卑屈も邪気もない。

「私はこの血眼のせいで、人から蔑まれてきました。ですが殿下も老師も玉蘭も、この目を遠ざけようとはしません。貴い方の器は大きいのだと思うも、昨夜の玉蘭を見て考えが変わりました」

玉蘭が自分を指さし、首を傾げる。

「昨夜に玉蘭が行動しなければ、私は殿下のことを知らないままでした。私が玉蘭のような心持ちの人間であったなら、血眼をものともせずに生きたでしょう。私を呪っていたのは、ほかならぬ私自身なのです」

それに気づいた瞬間に、焦り、昂ぶり、こうして口が動き始めた。

「先ほど殿下は、私が夫を愛していないとおっしゃいました。殿下も同じように、私を憐れんで妻に迎えてくださったと理解しています。ですから――」

朱梨は厨房へ走り、茶缶をひとつ携えて戻る。

待たせぬように手早く茶を入れ、伯飛に差しだした。

「龍井。緑茶です」

言葉にできぬもどかしさは、茶で伝えるしかない。

「先ほどよりも、香りが濃いな。茶葉の等級が違うのか……いや、時期か」

伯飛は椀の蓋を開け、目を閉じて香りを堪能している。

「ご明察です。摘む時期が、旬よりも遅い茶葉でございます」

「茶は『早く摘めば宝、遅く摘めば草』と言うな。味は……おお、深い。老いを感じる渋さはあるが、決して苦くはない。なるほど」

伯飛がなにかに気づいたように、にやりと笑う。

「いかにも私の好みそうな茶だが、それは絶対の確信があったわけではない。つまりは私の好みを探りたい、というところか」

たったそれだけのことを、朱梨は口にできなかった。

けれど人を愛するようになりたいといういまの気持ちを、伯飛はきちんと汲み取ってくれた。

「その……殿下のご寵愛を賜りたいわけではないのです。ただ私を三度も救ってくれた人に、仮初めの妻でも心から尽くしたいのです」

茶館を失ったのは終わりではなく始まり――。

伯飛はそう言って朱梨の心を解き放ってくれ、安心して茶を入れられる環境を与えてくれ、昨晩は身を挺して命まで救ってくれた。

その恩に報いたいのだと、朱梨は必死に口を動かす。

すると部屋の入り口から、すすり泣く声が聞こえてきた。

「申し訳ねえです。ですが朱梨姐さんの思いは、まるで俺たちのようで……」

麻黄に葛根、そして映山紅が涙を浮かべている。

「自分を呪っていたのは自分自身——か」

伯飛はどこか、自分を嗤うようにつぶやいた。

「朱梨の心遣いはうれしい。しかし巫士でなければ幽鬼は相手にできない。おまえは茶を入れてくれればいい。それがなにより私の寿命を延ばす」

現実的な提案だと思うも、それでは朱梨に得しかない。

「いや、伯飛。朱梨にもできることがあるぞ」

老師が口の端を上げ、勝ち誇ったように伯飛を見た。

「幽鬼を祓う方法は、桃の枝で貫くだけではない。話を聞いて、願いを叶え、未練が解消された者は去るべき場所へ去る。こういう仕事は女子のほうが得意だろう。なにしろ伯飛には、女心がわからぬからな」

「十の童が言ってくれる」

伯飛は少々、むっとしている。

「幸か不幸か、朱梨の体は一度幽鬼に入られた。おそらく巫士と同じく、昼でも幽鬼が見える視鬼の力を得ただろう。ついでにそこの跳ね返りは耳聡い」

「十の童が言ってくれますわ」

玉蘭が、ふんと鼻を鳴らす。

伯飛が珍しく慌てた。

「待て、老師。このふたりに、幽鬼退治をさせる気か。危険すぎるぞ」

「いま危険なのはぬしだ、伯飛。ここのところ、焦って根を詰めすぎておる。療養が必要だ。動きが鈍れば、次は腕を落とされるぞ」

老師が肩をつつくと、伯飛が苦悶の表情を浮かべる。かすり傷だとうそぶいていたのは、朱梨を気遣ったようだ。

「殿下、お願いです。私にも、幽鬼退治を手伝わせてください」

朱梨が伯飛に跪拝すると、隣に玉蘭も並ぶ。

「次こそは、わたくしが朱梨を守りますわ。いざとなったら、老師もいます」

老師はむっとしつつも文句を言わず、「うむ」とうなずいた。

「女の幽鬼であれば、女から陽の気を吸えないからな。危険は少ないだろう。いいかげん観念しろ、伯飛」

伯飛はしばらく迷っていたが、とうとう根負けしてくれた。

「顔を上げろ、朱梨。無理をするなよ。それから茶も入れてくれ。龍井だ」

「はい、殿下」

朱梨は伯飛を見上げて、心から微笑んだ。

――病が蝕むこの体に、残された時間は多くない。

その間にできるだけ伯飛に報い、一杯でも多くお茶を飲んでもらおう。

そう決意して茶の支度に向かう朱梨の足取りは軽かった。

すると背中に、玉蘭のくすくす笑いが聞こえる。

「朱梨がまた明るくなったわ。まるで恋でもしたかのよう」

第三章　井戸端の宮女

一　朱梨、友を怒らせる

玉蘭の暮らす燐灰宮からやや南に、下位の妃妾が暮らす藍銅宮がある。

「初めてきたけれど、なかなかに手狭ね」

宮女に案内されながら、玉蘭が朱梨にだけ聞こえる小声で言った。

朱梨は建物の狭さなどより、周囲の妃妾たちの視線が気になる。

今日から福普らしく振る舞うと決めて、下を向くのをやめていた。当然あちこちから「血眼」、「呪い」と声が聞こえたが、それは慣れもあり耐えられる。

しかし「茶楼の芸妓風情」、「皇子と不釣りあいの奴婢」といった、伯飛の妻としての朱梨を貶める言葉は、無意味な罵詈とわかっていても胸に突き刺さった。

「言ったでしょう、朱梨。ここが『嫉妬の巣窟』よ」

それをわかってなお藍銅宮を訪れたのは、幽鬼退治の手始めのためだ。

以前の茶会で玉蘭が言っていた、「幽霊が怖い」と欠席した取り巻きの妃妾。いまは答応の位を賜っている、海棠の話を聞きにきている。

「こちらでございます」

宮女の案内で居室に入ると、海棠は頭から布団をかぶっていた。

「お加減はいかが、海棠。玉蘭が朱梨とお見舞いにきたわ」

玉蘭が声をかけると、布団がもぞもぞと動いた。

「どうも、甘福普、李貴人。体はまあ、健康なのですよ。でも幽鬼が怖いので、お目にかからず失礼します。ああ、怖い」

姿は見えないが、傑女選抜で会ったふくよかな子女と同じ声だ。

「なにが怖いというの。あなた気位は高かったじゃない」

玉蘭が問うと、布団がぶるぶる震えだした。

「ああ……私は見たのです。夜中、井戸のそばに立つ女を。三日も立ち続けていたので話しかけようとしたら、『殺す』とつぶやかれて……ひっ」

玉蘭を見ると、不安そうな表情だった。先日の廃妃を思いだしたのだろう。

海棠から聞き出せたのはそれだけだったので、現場で情報を集めることにした。

ちょうどよい具合に、井戸の傍らに老いた宮女がいる。

あの人に声をかけましょうと朱梨が提案すると、玉蘭の顔が青ざめた。

「あの人って……朱梨、あなたには誰が見えているの」

井戸端にいる宮女ですと言いかけて、玉蘭が怯(おび)えている意味に気づく。

「……老師が言ってたわね。陰の気が濃くなる夜でなければ、人に幽鬼の姿は見えない。けれど廃妃に体の中に入られた朱梨は、昼間でも幽鬼が見えると」

あんなにはっきり見えている老女が、玉蘭の視界には入らない。つまり老いた宮女は幽鬼であるかもしれず、とたんに朱梨の体は震えた。

「朱梨。どんな人が立っているか教えて」

「……白髪頭の、六十くらいの女性です。白い着物を身につけていて、表情は特にありません。なにかつぶやいているようです」

内容を聞き取るには、もっと近づかねばならないだろう。

「それって、わたくしが近づいても聞こえるのかしら」

「どう……なんでしょう。私がはっきり聞こえるかも、わかりませんし」

昼でも姿が見えるというだけで、声は聞こえないかもしれない。幽鬼を祓う役目を志願しながら、自分たちはなにも知らないと不安が募る。

「朱梨には聞こえるが、跳ねっ返りには聞こえん」

背後から、ふっと老師が現れた。

「いいところにきたわね、老師。お菓子あげるから、ちょっと手ほどきしてよ」

玉蘭が懐から、小ぶりな山楂子（さんざし）飴（あめ）をひとつ取りだす。

「童扱いするな！　元よりそのつもりだ」

文句を言いつつも、老師はしっかり飴を頰張った。

「昼間の幽鬼には、朱梨も跳ねっ返りも触れることができん。やつらは陰の気が強い夜になり、現れようとして初めて肉を持つ。その辺りは個体差もあるがな」

「あの廃妃は、壁を抜けてきたものね」

「恨みの強い幽鬼、すなわち悪鬼はなんでもありだ。後宮にはあの手の幽鬼も少なくないが、あの老女のように未練を抱えた場所にたたずむ幽鬼が一番多い」

老師が井戸端の宮女を指さす。

「わたくし、見えないんだけど」

玉蘭が不満そうに口を尖らせた。

「夜まで待て。幽鬼は基本、死に際の姿で現れる。厄介な幽鬼の代表と言えば、首をくくって死んだ縊鬼だな。あいつらは首に縄をぶら下げて現れる」

「いきなり現れて、気持ちの悪いこと言わないでよ」

「ぬしが手ほどきしろと言ったんだろうが！　溺死した幽鬼なら着ている服は水浸しだし、焼かれて死んだやつなど目も当てられないぞ」

老師がまくし立てると、玉蘭がふっと鼻で笑った。

「女を怖がらせて喜ぶなんて、転生を繰り返しても所詮は童ね」

「なっ、違うぞ。我はぬしらに、幽鬼の恐ろしさを――」

「はいはい。老女は井戸のそばに立っていると言ったわね。だったら着物も濡れているんじゃないかしら。きっと井戸に身を投げたのよ」

老師を軽くあしらいつつ、玉蘭が見えないなりの推理をした。

「あの、玉蘭。私が見た限りでは、濡れている様子はありません。白い服を着ていますし、病で亡くなられたのではないでしょうか」

「じゃあなんで、井戸のそばに立っているのかしら」

「それを探るのが、ぬしらの役目だろうが」

あきれたような表情をしつつ、老師が続ける。

「いいか。あの手の幽鬼は、話しかけただけでは反応せん。未練に関わる言葉でないと会話にならぬぞ。せいぜい調べるがいい。さらばだ」

老師は不機嫌な童のように、大股で去っていった。

「ねえ、朱梨。老師はあまりにも間がよすぎるわ。どこかでわたくしたちを監視しているんじゃないかしら」

玉蘭が辺りを見回して言う。

「相手が幽鬼ですから、危険を見極めてくださっているのかもしれません」

「なるほどね。自分がけしかけた手前、責任は持つというところかしら。なら一緒に調査すればいいじゃない。面倒な童子ね」

それはたぶん、玉蘭といがみあっているからだろう。朱梨からすれば仲がよくてうらやましいが、当人同士は否定するに違いない。

「とりあえず、老女が誰なのか聞いて回りましょう。幽鬼が見えないぶん、聞きこみはわたくしに任せて。人と仲よくなるのは得意だから」

頼もしい友のあとに続き、あちこちで老女の存在を尋ねて歩いた。

顔立ちや背格好を説明すると、みなが「蓮葉ですね」と名を教えてくれる。

蓮葉はごく最近、病で亡くなった宮女らしい。長く勤めていたので名は知られているが、人品や悩みとなると誰もが首を傾げた。

「口数の少ない人でしたから。十字殿にいる者なら、なにか知っているかもしれません」

そんな話を聞きつけ、朱梨と玉蘭は十字殿に向かう。

「医者を呼べる妃妾とは違って、宮女は病になると集団で療養生活を送るのよ。その場所が十字殿。蓮葉もそこにいたようね」

事情に疎い朱梨にも、玉蘭は適宜説明してくれる。

大きな建物の室内に入ると、あちこちに人が横たわっていた。後宮内のほかの建物と違って、朱梨の血眼など誰も気に留めない。

「たしかに蓮葉を看取ったのは私ですが、世話をしていたのはあの者です」

病人の世話をしていた宮女の長に聞くと、床の筵を指さした。

そこに若い宦官が横になっている。なかなかに美しい顔立ちの少年だが、その目はうつろに天井を見つめていた。

「まだ十四、五に見えるのに、病かしら」

玉蘭が憐れみながらに問う。

「いえ、体は健康です。二陳はもともと、芍妃に仕える宦官でして」

「芍妃……ね。あまりいい評判は聞かないけど」

「どうかこれからの話は、ご内密にお願いします」

宮女長が小声でささやく内容は、いささか入り組んでいた。


いま十字殿で横たわっている若き宦官、二陳は芍妃の従者だったという。

後宮の妃妾たちは、最上位に貴妃、次いで妃、嬪、貴人、常在、答応という具合に明確な序列があり、下位になるに従って数が増える。

当時の芍妃はまだ芍嬪だったが、気性が激しいことで有名だったらしい。

ささやかな失態でも従者に厳しい罰を与えるとのことで、二陳は殴られすぎて片耳の聴力を失ってしまったそうだ。

そんな芍妃の仕打ちを見かねたのが、丹妃という妃妾だった。

丹妃は牡丹のようになよやかで、誰にでも分け隔てなく優しかったという。

皇帝皇后両陛下にも気に入られていて、その人脈を駆使してうまく手を回し、二陣の配属先を十字殿に変えることに成功したそうだ。

二陣は泣いて喜び、丹妃の恩に報うべく働いた。

気難しい老女たちの世話にも熱心で、蓮葉もそんな二陣を気に入ったらしい。口数は少ないながら、二陣とのおしゃべりはそれなりに弾んでいたという。

働き者で顔立ちもよい二陣の評判は、瞬く間に広まった。

「病に臥しても、二陣がいるからすぐによくなるわ」

「勘がいい子なの。こちらの言いたいことをわかってくれる。丹妃の慧眼よ」

二陣も現状を喜び、丹妃が様子を見にくるたびに感謝を伝えていた。

そうなると面白くないのは芍妃だ。どうにか目の敵を排そうと、芍妃は自身の従者を丹妃の寝所に忍びこませた。要するに、姦通の事実を捏造したらしい。

普段であれば、調査の末に処分されたのは芍妃だっただろう。

しかし折悪く、ちょうど陛下が公務に顔を出さなくなった頃だった。そのため皇后陛下も忙しく、姦通騒ぎの裁定は百貴妃が下すことになった。

妃妾の序列は貴妃が最上位だが、正妻である皇后よりは下になる。いつの世も後宮には派閥が見られるが、現在も皇后派と貴妃派に分かれていた。

ただし支持者は、貴妃のほうが圧倒的に多い。

皇位後継者の伯金を産んだのが百貴妃であり、貴妃でありながら次代では国母たる皇太后の地位が約束されているためだ。

皇后派であった丹妃は処刑され、空いた位を嬪だった芍妃が継いだという。


「それ以来、二陳はあのようになってしまったのです」

宮女長が語り終え、床の筵を振り返る。

二陳はぼんやり天井を見つめているが、頬には涙の跡があった。

「恩人の丹妃が自分のせいで処刑されたとなると、放心するのも無理ないわね」

玉蘭が二陳を見て、複雑な表情を浮かべる。

「二陳は丹妃の処刑に際し、殉死（じゅんし）を願い出もしました」

「自らの命を絶って、死せる主人に供をする。二陳は丹妃に、恩義以上のものを感じていたのね。でも殉死なんて、丹妃は望まないでしょう」

玉蘭の問いかけに、宮女長がうなずいた。

「はい。丹妃は殉死を拒みました。二陳は十字殿を走り出て、井戸に身を投げようとします。それを追いかけてきた蓮葉が引き留めたのです」

その後の二陳は死んだも同然の状態で、蓮葉を看取ることもなかったという。

二陣には同情するが、自分たちの役目は幽鬼を祓うことだ。

玉蘭とふたりで話しあった結果、ひとまず今日は帰ることにする。

すると十字殿の入り口の外に、老師が立っていた。

「顔を見ればわかる。成果なしだな」

ひまつぶしをしていたのか、足下の地面に花の咲く樹が描かれている。

「からかいにきたのかしら。性根の曲がった英雄殿ですこと」

玉蘭が皮肉で返すと、老師は首を横に振った。

「危険ではあるが、先日の廃妃のように斬れば終わりが一番楽なのだ。幽鬼の未練を晴らすのは時間がかかる。ゆえに伯飛も後回しにしておった。しかし放っておいていいものではないのだ」

恨みと未練は違うものだが、どちらも陰の気であると老師は言う。無害そうな幽鬼であっても、時を経れば廃妃のような悪鬼に変質するらしい。

「ゆえに、ぬしらには感謝しておる。自分の代わりに動く者がいるとわかれば、伯飛も少しは休んでくれるからな」

「誰より軽薄そうに見えて、誰より幻という国に尽くしている。伯飛殿下も、どこかの英雄殿にそっくりね」

玉蘭が朱梨の腕をちょんとつつき、含み笑いをした。

「おい、跳ねっ返り。我のどこが軽薄だ」

「軽薄ではないかもしれないけど、お小さくていらっしゃいますわ」

ふたりが小競りあうのを横目に、朱梨はふっと足を止める。

「申し訳ありません、老師、玉蘭。先の十字殿に、匂い袋を忘れたようです。取って参りますので、先に帰っていてください」

そう告げると、ふたりは言い争いながら生返事をした。

ではと、朱梨は歩いて十字殿に戻る。

しかし中には入らず、蓮葉の幽鬼がたたずむ井戸へ向かった。

――老師は私たちが、役に立っていると言ってくれた。

この活動で伯飛が休めるなら、結果を出せばもっと羽を伸ばせるだろう。そのぶん茶を入れる時間も増え、伯飛を知り、もっと癒やすことができる。

夕闇の刻になり、辺りは薄暗くなっていた。

蓮葉は変わらず井戸端に立っていて、ぶつぶつとなにかつぶやいている。

姿は人と同じだが、あの廃妃に近い存在だと思うとやはり怖い。

死を恐れる気持ちはいまだ薄いが、得体の知れないものへの根源的な不安は朱梨にもあった。

けれど伯飛は、あんな幽鬼たちと毎夜のごとくに対峙している。

陽気を吸われることがわかっていながら、公務を果たさぬ暗愚と誹られても、幻の未来のために、たったひとりで夜な夜な後宮をさすらっている。

朱梨はその事実を知る数少ないひとりで、形式的には伯飛の妻だ。何度も救いの手を差し伸べてくれた夫に対し、目に見える形できちんと報いたい。

朱梨は懐に手を忍ばせ、匂い袋の口を開けた。

心を落ち着かせる匂いを嗅ぎ、よしと勇んで幽鬼に近づく。

「もし、あなたは蓮葉ですか」

声をかけても反応はない。しかし近づいたことで相手の声は聞き取れた。

「殺してやらねば……早く……」

物言いが物騒だ。陰の気に取りこまれかけているのかもしれない。そうであるなら早く未練をなくさねば、廃妃のような悪鬼に変じてしまう。

「十字殿の二陳が、心を失っております」

一か八かで伝えてみると、蓮葉がこちらを向いた。

そうして朱梨を見て、なにか訴えるように近づいてくる。

「私が……殺してやらねば……」

その気迫に恐怖を感じ、朱梨は後ずさった。

次の瞬間、眼前に腕が伸びてくる。

「落ち着け、宮女。我らはぬしの、未練を断ちにきた者だ」

老師が蓮葉の肩に触れ、ゆっくりと押し戻した。

「朱梨！　これで二度目、いいえ、三度目よ。あなたが命を軽んじるのは！」

気づけば隣で玉蘭が、目に涙を浮かべて怒っていた。

二　朱梨、夫を笑わせ茉莉花茶を選ぶ

「もっと、冷ましてくれ」

牀から身を起こした伯飛に請われ、朱梨は粥にふうふうと息を吹きかけた。匙を伯飛の口へ運ぶと、ぱくりと食らいついてくる。

「うん……うまい。どうした、朱梨。ずいぶん顔が赤いぞ」

母や兄にも粥を食べさせていたが、こんな気持ちにはならなかった。不遜すぎるために言えないが、伯飛が子どものようでかわいらしいと感じてしまう。

「さっきの話だが、朱梨は生まれて初めて友に説教されたわけだな」

伯飛が、くっくと笑っている。

蓮葉に襲われそうになったところを老師に救われ、朱梨は辰砂殿に戻った。伯飛は眠っていたので老師と食事をすませ、従者たちに茶を入れた。

そうしてそろそろ寝ようかというところで、やっと伯飛が目を覚ました。

ひとりの食事はさびしいと言われ、朱梨はこうして牀に腰かけて粥を食べさせている。こんな風に伯飛に添うのは、輿入れしてから初めてのことだ。

「はい。廃妃の前に体を投げだし、ひとりで蓮葉に接触し、自分の命をなんだと思っているのかと。ついでとばかりに、選抜で薬茶を入れたことも怒られました」

「たしかに相手が私でなければ、手打ちもありえたな」

伯飛はずっと笑っているので、さすがに恥ずかしくなってきた。

「人の気持ちを考えろと叱られて、本当にそうだと痛感しています。死ぬより死なれるほうが辛いと、知っているはずなのに」

それまでの経験から、玉蘭は朱梨が自分の命を軽く扱うと気づいたらしい。もしやと老師を連れて井戸に駆けつけてくれ、朱梨は事なきを得たのだった。

ひとまず蓮葉は、落ち着けば攻撃的な幽鬼ではなかった。しかし「殺さねば」とつぶやくばかりで、話はまるで通じない。

結局は無駄に玉蘭を心配させただけに終わり、朱梨は落ちこむばかりだ。

「朱梨はまだ、自分の緋目が家族を殺したと思っているのだな。最初は兄を流行病で亡くし、父を落馬の事故で失い、最後に母も倒れたと聞いている」

伯飛がしれっと言ったので、朱梨はぽかんと口を開けてしまった。

「殿下は、ご存じなのですか」

「麻黄に調べさせた。一応、私も皇子なのでな」

そういえば朱梨が辰砂殿にきた晩からしばらく、麻黄は留守にしていた。

「兄は若く壮健だったそうだが、あの年の流行病では若い者も亡くなっている。父は落馬での怪我による衰弱だが、その場では死なずに朱梨の元に帰ってきた。母はもともと病弱だな。死を早めたのは、朱梨の養父母による酷使だろう」

啞然とする朱梨の肩に、そっと伯飛の手が置かれた。

「前に『臨機応変』が難しいと言ったな。自分を呪うのは自分だと気づいても、染みついた考えはそう簡単に捨てられまい」

朱梨が答えられずにいると、伯飛が微笑んで続ける。

「弱音を吐け、朱梨。迷信の類は、私がすべて否定してやる。夫婦だからな」

どうしてこの人は、こんなにも自分に優しくしてくれるのだろうか。

そう思った朱梨は、うっかり口走ってしまう。

「殿下はなぜ、私を妻に迎えたのでしょう……すみません、無礼を申しました」

考えるまでもなかった。幻という国のために、不満も言わずひとりで幽鬼と戦っている伯飛だ。その博愛は幽鬼にすら及び、捻魄の札も使いたがらない。

「『同情』と『茶』だな。こう言ったほうが、朱梨は信じられるだろう」

納得できる理由だったが、ふっと心に影が差した。

「……先の玉蘭も、同じように言いました」

なぜ自分のために泣いてくれるのかと問うと、玉蘭はこう答えた。

「最初は茶博士のお茶が好きだったし、朱梨の境遇に同情もしたから。だからいつもそうするみたいに、手を差し伸べたのよ。でもいまは違うわ」

国母を目指す玉蘭もまた、伯飛と同じく誰にでも慈悲深い。

「いまの朱梨は、入宮前とは別人よ。下を向かなくなったし、お茶以外のこともしゃべるし、なにより笑うの。わたくしは朱梨の変化をうれしく思った。それって、わたくしたちが友である証よね。友っていうのは自分に近しい存在で、朱梨にもわかるように言えば家族みたいなもの。だから大事な家族が自分で自分を傷つけようとしていたら、泣きながら怒って当然でしょ。わかったかしら」

玉蘭は弁舌たくましく、怒りをまき散らしながら諭してくれた。

朱梨は泣きながら玉蘭に謝罪して、老師に肩をすくめられている。

そんな経緯を伝えると、伯飛はやはり笑った。

「朱梨が人の厚意に理由を求めるのは、単に環境の問題だな。血眼と蔑まれ、養父母に踏みにじられた人生では、純粋な善意は信じにくいだろう。だが私や玉蘭は、生まれながらに施す側の人間だ。徳を積めと言われて育つのだ」

そうだとしたら、いまさらながらに身分の違いを思い知った気分だ。

「とはいえだ。さすがに私も、施しで妻はとらない。先に入れてくれた茶に応えるべく、私が朱梨を娶った本当の理由を話そう」

伯飛が牀から腕を伸ばし、朱梨の顔を抱き寄せた。

「ひと目ぼれだ」

耳元でささやかれた瞬間に、粥の椀と匙が同時に朱梨の手から離れる。

それを伯飛が、見事に受け止めた。

「血眼でなくとも、自分の器量は十人並み。朱梨はそう思っているだろう。だが初めて間近で顔を見た瞬間、私は運命を感じたのだ。でなければ妻になど取らない」

とてもではないが、信じられることではない。けれどそれ以外の理由では、伯飛が朱梨を妻にする理由も浮かばなかった。

「朱梨。きっかけはなんだっていい。ただの偶然を人はあとから運命と呼ぶ。私たちは夫婦（めおと）になった。その意味はこれから作ろう」

伯飛の瞳は曇りもなく澄んでいる。

「本当に、よいのですか。私は、宮女にすら、なれぬ身分……」

早鐘のように脈打つ心臓を押さえ、気息奄々（きそくえんえん）にそれだけ問うた。体が伯飛の言葉を信じたがっている。ささやかな嫉妬の原因がようやくわかった。

「呪われ皇子は帝にすら縛られぬ。幻でもっとも自由な存在だ……くっ」

耳元で、伯飛が絶えかねたように息を吐いた。

肩が痛むのかと心配すると、伯飛は笑っている。

「朱梨の体から、茶の匂いがする。血肉にまで茶が染みているのだな」

恥ずかしさのあまり、体を引き離した。

「こっ、これです。私が香っているわけではございません」

懐から匂い袋を取りだし、口を開けて中を見せる。普通の女性は麝香(じゃこう)や桂花の匂いを忍ばせるが、朱梨は雀舌の茶葉を封じていた。

この香を嗅ぐと、生家を思いだして落ち着ける。

「わかった、わかった。そんなにむきになるな」

伯飛の屈託のない笑顔を見ていたら、朱梨もおかしくなってきた。

「おお、朱梨が笑っている」

「私だって笑います……最近は」

人はひとりでは笑えない。しかしいまは伯飛や玉蘭という家族に近い人がいる。

「お食事がおすみでしたら、お茶を入れて参ります」

朱梨は厨房へ入り、茶棚の陰で胸を押さえた。

まだ鼓動が鎮まらない。瞳が潤む。手先が興奮で震えている。

自分が誰かに愛されるなど考えてもみなかった。もうこのまま死んでもいいと思えるほど、幸福感が全身を駆け巡っている。

さりとて役目は果たさねばと、朱梨は茶缶をひとつ選んで寝室へ戻った。

「茉莉花。花茶でございます」

茶は緑、黄、黒、白、青、烏の六種が基本だが、それに花茶を加えて七種とすることもある。花茶は緑茶や白茶に花の香をつけたもので、元の味を左右しない。

「茉莉花の香りは、精神をよく落ち着かせます。茶に浮かぶ白い花弁は、目の緊張をほぐします。これなら再び眠れるかと」

「私は花に疎く、玉蘭と茉莉花の区別もつかない。だが好きな香りだ」

伯飛が茶をすすり、黄金色に浮かぶ白い花弁に目を細める。

そういえば老師が地面に描いていた花の樹は、玉蘭だったかもしれない。

「そろそろ、先の話に戻すか。百貴妃による丹妃の処刑を、私はあとで知った。昼間の出来事だったため、眠っていて止められなかったのだ」

逆に目が冴えてしまったのか、伯飛は朱梨の報告を振り返った。

「蓮葉は二陣を救ったと聞いた。ならば蓮葉の未練とはなんだろうか」

「いまだわかりません。『殺してやらねば』と、つぶやくばかりで。その言葉選びで玉蘭は、『苦しんでいる二陣を楽にしたいのかも』と言っていました」

蓮葉は自分が身投げを引き留めたことで、余計に二陣を苦しめていると考えたかもしれない。もしもそうなら、二陣の身に危険が及ぶ可能性がある。

「朱梨、ひとつ忠告だ。幽鬼の未練は、ときに人には度し難い。やつらは常識ではなく、陰の気に引きずられる。恨みであればなおさらだ」

かつて伯飛を襲った廃妃は、恨みを晴らす相手はとうにいないと言っていた。悪鬼は言わば八つ当たりのようにして、衝動だけで人を害するのだろう。

「それからもうひとつ。百貴妃には気をつけろ。後宮には、幽鬼よりも恐ろしい人間が大勢いる。対峙する相手はよく選べよ」

詳しい話は聞けなかったが、しかと心に刻んで伯飛の寝室を辞去した。

自室に戻った朱梨は、落ち着こうとして牀に体を横たえる。

しかしすぐに起き上がり、珍しく自分から鏡を見た。

映山紅の化粧のおかげか、以前よりも悪くない見目のような気がした。

三　朱梨、碧螺春茶を入れて説く

翌日、朱梨は茶器を持って十字殿を訪れた。

「日柄もいいし、立派な百日紅の下で飲むお茶は風流ね」

庭に設えた席から巨木を見上げ、玉蘭が目を細めている。

昨日の蓮葉が反応を示した言葉は、朱梨が声をかけた際の「二陣」だけだった。となれば当事者から話を聞くしかないと結論し、二陣を茶に誘っている。

「ありがとうございます。宮女の私まで同席させていただいて」

二陣は心ここにあらずながら、一応はこちらの声が聞こえていると宮女長から聞いた。とはいえ反応はしてくれないため、宮女長にも同席してもらっていた。

朱梨は湯を沸かしながら、ちらと二陣を見る。

その瞳は希望を失ったように曇り、腕は無気力に垂れ下がっていた。茶館を失ったときの自分もこうだったと思いつつ、沸いた湯で茶器を温める。

茶葉はすでに、煤竹を割った茶則に出してあった。茶缶から茶壺に直接茶葉を投じる場合もあるが、今回は葉の形を見せたい。

「この碧みがかった色と法螺貝のように縮れた形が、この茶の名の由来です」

茶則を傾け針匙を使い、茶葉を四つの蓋椀へ投じる。

「碧いということは、若芽を摘んで作る茶葉ね」

玉蘭は茶が好きなだけあり、さすがに詳しい。

少し冷ました湯を蓋椀に投じると、春の草原のような匂いが立った。

「碧螺春。緑茶でございます」

三人に蓋椀を差しだし、朱梨は茶話を続ける。

「柑橘の樹のそばに植えられ、龍井と同じく一芯一葉で若芽のみを使う茶です。若芽の茶葉は表面に白い産毛が生えているため、それを『黴のようだ』と好まぬ人もいます。ですが私は……猫のような愛らしさを感じて好きです」

「朱梨の茶話が、人間味を帯びてきたわね」

玉蘭が笑い、椀の蓋をずらした。

「ああ、春の香ね。色もやわらかな碧。口に甘く、鼻に芳しい、季節にあったお茶だと思うわ」

陽気の空をうっとりと見上げ、玉蘭は満足そうにしている。

宮女長も同じ反応だったが、肝心の二陳は椀を手に取ってすらいなかった。

「二陳はいまも、死にたいのかしら」

玉蘭が揺さぶってみるも、やはり若き宦官は動かない。

「そういえば、朱梨も似ているわね。わたくしを庇おうとして、危険な相手の目の前に立ちふさがって。命に頓着していないのよ」

話の矛先を変えつつ、玉蘭がちくりと刺してくる。

「死んでもかまわないとは、思っていました。でも死にたいと願ったことは、一度もありません。似ているようで、違うと思います」

説明を求めるように、玉蘭が首を傾げる。

「碧螺春の名の由来は先ほど申しましたが、実はほかにも説があります。あるところに、碧螺という美しい女性がいました――」

昔に父から聞いた茶話を、思いだして語る。

碧螺には心に決めた青年がおり、ふたりは相思相愛だった。

しかし龍神が碧螺を気に入り、山奥にさらってしまう。

青年は山を登り、龍神と戦って見事に勝った。しかし勝利と引き換えに瀕死の重傷を負ってしまう。

碧螺は青年の薬を求めて山をさまよい、偶然に茶樹を見つけた。茶葉を口に含んで戻り、青年に茶として飲ませる。すると青年は、少し顔色がよくなった。

碧螺は再び山を登り、茶を摘んでくることを繰り返す。

そうして青年がすっかりよくなった頃、碧螺は過労で命を落とした。

「青年が碧螺を茶樹の下に埋葬すると、春にはよい茶葉が摘めたそうです」

茶の始まりは、解毒のための薬草だった。凍てついた体を溶かしたり、原因不明の病が回復したりと、茶が薬として使われた口伝は多い。

「青年は命がけで龍神と戦ったのに、碧螺が死んでも後追いしなかったのね。ひとりのさみしさよりも、自分を生かした碧螺の思いを読み取ったんだわ」

玉蘭がうなずくと、その向かいで二陳の体がひくりと動いた。

「私も家族に先立たれました。特に母は自らを犠牲にしてまで、私を生かそうとしてくれました。母を想えば、自ら命を手放すことだけはできません」

茶館を維持するため、そして自分の死後も娘が困らないようにすべく、母は猪氏の使用人となっている。だから朱梨は自死だけは考えなかった。

それでいて朱梨が死を恐れないのは、自分の死期を悟っているからだ。人に話せば矛盾を指摘されるだろう。であれば朱梨はこう答える。

「命を捨てるのと、命を使うのとは違います。その意味で、丹妃はあなたの命を二度も救ってくださったのではないですか」

最後の言葉は、二陳に向けて言った。

「私を……二度も……」

二陳がやっと、重たかった口を動かす。

「一度目は芍妃の暴虐から。二度目は殉死を拒んで。生の反対は死ですが、生きることの反対は生きないことだと、私は、思います……」

いつの間にか浮かんでいた涙を、朱梨は微笑んで拭った。

自分自身も、これまでずっと生きていなかったのだと思う。伯飛や玉蘭に会ってからようやく母の想いに報いられたのだと、言いながらに気づいた。

「碧螺に救われた青年のように生きるためにも、まずはお茶を飲んでください」

死の淵にいた青年を蘇らせた茶を、二陣がおずおずと手に取る。

「……温かい……おいしいです、丹妃さま……」

涙する二陣が落ち着くのを待つ間に、朱梨は二杯目の茶を入れた。

「私は、丹妃さまに二度も命を救われました。けれど私自身は、龍神と戦った青年のように自分の命を賭していません。私は丹妃さまを救っていないのに……」

「そうかしら。あなたは救っていると思うわよ。丹妃よりも、大勢の人を」

玉蘭が言って、宮女長に目を向ける。

「はい。以前の十字殿は、もっと重い空気が垂れこめていました。しかし二陣がきてからは華やいだというか、病が快方に向かった者も多いです。死にゆく者も、安らかな顔で逝くようになりました。私も、あなたには感謝しているのよ」

宮女長が言って、二陣の手を取った。

「そうよ。病人を救うのは、医師だけじゃないわ。二陣にしか救えない人がいる。そこで聞きたいんだけど、蓮葉の未練に心当たりはないかしら」

玉蘭の問いかけに、二陣が思いだそうと額に指を当てる。

「蓮葉さんは私を井戸の前で引き留めた際も、なにも言いませんでした。無口な方なのです。ただ存命中に、『私を看取ってほしい』とはおっしゃっていました」

「じゃあ蓮葉の未練は、逆恨みみたいなものね。せっかく助けた二陳が自分を看取ってくれなかったから、やり場のない怒りを持て余しているのよ。井戸端に二陳を連れていけば説得できるかも」

玉蘭が、朱梨にだけ聞こえる小声で言った。

その可能性は高いだろうと、宮女長に頼み二陳を連れだす許可をもらう。

「危険かもしれませんし、井戸に向かう前に老師に相談しましょう」

十字殿の庭で朱梨が言うと、玉蘭は懐から山楂子飴を出して掲げた。

するとどこからともなく老師が現れ、朱梨は笑わずにはいられなかった。

「もう夕刻だけど、わたくしには蓮葉の姿が見えないわ。朱梨はどうかしら」

「私にも見えません。どうも不在のようです」

井戸端で玉蘭と話していると、老師が表情を険しくする。

「まずいぞ。幽鬼が居場所を離れるのは、未練を解消するときだけだ」

しかし蓮葉が恨んでいるかもしれない二陳は、ここに帯同している。

ならば未練の見当を違(たが)えたかと考え直し、朱梨は血の気が引いた。

「玉蘭、芍妃の宮殿はどこですか！」

芍妃はその嫉妬から、丹妃を排そうと姦通の罪を着せている。

蓮葉にとっては無関係だが、伯飛はこう言っていた。

「――幽鬼の未練は、ときに人には度し難い。やつらは常識ではなく、陰の気に引きずられる。恨みがあればなおさらだ」

蓮葉は「殺してやらねば」という言い方をしていた。殺す相手は救ったことで余計に苦しめることになった二陳だと、昨日までの朱梨たちは思っていた。

しかし蓮葉が二陳の代わりに恨みを晴らす場合でも、その言い方になる。

廃妃が伯飛を襲った理由も八つ当たりだった。蓮葉の恨みが変じれば、衝動で害する相手をこじつけたかもしれない。

「こっちよ！」

玉蘭が花盆底の靴を脱いで走った。

朱梨も懸命に追いかけるが、すぐに息が苦しくなる。

水に溺れたように呼吸ができず、足が止まってしまった。まぶたの裏には赤い光もちらついている。思うように動かない体がもどかしい。

「甘福普。ご無礼を」

二陳はさして状況をわかっていないはずだが、朱梨を背負って走りだした。

察しのいい少年のおかげで、朱梨は妃たちが住まう宮殿にたどり着く。

そのとき、宮殿内に芍妃のものらしき悲鳴が響いた。

「緊急よ！　文句は伯飛殿下に言って！」

玉蘭が門兵を押しのけて寝室へ入ると、床に芍妃と思しき人物が倒れている。

その上にまたがって首を絞めているのは、井戸端で会った蓮葉だ。

「殺させるな！　悪鬼に変じる前に幽都へ返してやれ！」

老師の声を聞き、勘のいい二陣が蓮葉に駆け寄る。

夜叉の形相で芍妃の首を絞めていた蓮葉が、はっとして振り返った。

「ああ……二陣なのかい。すっかり顔色がよくなって」

「はい、蓮葉さま。久しく心を失っていましたが、ようやく立ち直りました」

「よかった……いまきちんと殺してやるからね」

蓮葉は微笑みを浮かべ、芍妃の首を握る手にますます力をこめる。

「違うのです！　芍妃は関係ないのです。私は蓮葉さまに助けていただき、自分のすべきことに気がつきました。長い間のお勤め、ご立派でございました」

二陣が頭を下げると、ふっと蓮葉の力が抜けた。

「……うれしいねえ。ありがとう、二陣。最高の冥土の土産だよ」

蓮葉の表情が、穏やかに変わっていく。

「……あたしら老いた宮女は、みんなさびしいんだ。陛下に尽くして、ずっと独り身だからね。それで年甲斐もなく、あんたに看取られたかったのさ」

恥じらうように頬を押さえた蓮葉の手を、二陣が取って立ち上がらせる。

「蓮葉さまに救っていただいた命。私は十字殿での仕事に骨を埋めましょう」

「ありがとう、二陣。ありがとうね」

微笑んだ蓮葉の輪郭がぼやけ、光に包まれ消えていった。

「蓮葉の未練も、後宮にはびこる嫉妬のひとつかもね」

玉蘭の言葉を聞き、朱梨は思わず自分の胸に手を当てる。

「息はあるようだが……ほろ苦い初仕事となったな」

老師が泡を吹く芍妃を一瞥し、蓮葉が消えた辺りに銭を放った。

四　伯飛、六安茶を飲み妻を撫で回す

「ほら、ご覧なさい。暗愚が夜這いに、ご出立よ」

声で相手が誰かはわかったが、伯飛は一応振り返る。

後宮の狭い通路を占領する、夜を照らすような金色の神輿。

その座面で団扇を動かし伯飛を睨めつけているのは、母の宿敵たる百貴妃だ。

「失礼。これから貴妃のご子息を、訪問しますゆえ」

百貴妃相手には、無駄口を叩かないのが一番いい。

背中に従者たちの罵詈雑言を浴びながら、伯飛は急ぎ足で青金宮を訪れる。

「遅くなってすまない。伯銀はまだきていないようだな」

居並ぶ面々に三弟の姿がないことに気づいて言うと、五弟の伯香が答えた。

「長兄は朝議に出ないから、知らないだろうね。三兄は前回の集会以来、ずっと病に臥せってるよ」

「そうか。具合はどうだ。悪いのか」

「さあ。三兄はあの通り、無口な人だから」

たしかに伯銀は寡黙な弟で、前回の酒宴でも声を発していなかった。

しかし代替わりが近い時期のいま、すべて疑ってかかるほうがいい。

「伯銀の面倒は、いつも伯金が見ていたな。金銀の仲はどうだ」

「それは童の頃でしょう。最近は互いに忙しいですから」

伯金が酒を飲み、小さくため息をつく。

父たる皇帝陛下の危篤は近い。皇太子伯金になにかあれば、皇位を継ぐのは三弟の伯銀だ。伯銀にそれができなければ伯馬、最後は伯香になる。

——伯香も無理なら私だが、そうなる可能性だけは避けないとな。

伯飛も伯金の隣で酒杯を呷る。すると四弟の伯馬が不審の目を向けてきた。

「長兄。肩をかばっているようだが、怪我でもしているのか」

「目敏いな、伯馬。これでも隠していたんだが」

「なぜ隠す」

「私にだって、疚しいことはある。情けないことだが、妻に噛みつかれたのだ。夜な夜な出かけていく先を、見咎められてしまってな」

伯飛が呵々と笑うと、五弟の伯香は笑ってくれた。しかし兄の宿命を知る伯金は唇を噛み、四弟伯馬は鼻で笑う。

「あやしいものだな。本当は兄弟の誰かを亡き者にしようと斬りかかり、深手を負ったんじゃないか」

伯馬は伯銀の不在を受けて、当てこすっているようだ。

「私をやっかむのはいいが、その辺にしておけ。話を進めたほうがいい」

「ああ、いいぜ。進めよう。弟がみな消えてしまえば、長兄にも皇位を継ぐ可能性は出てくるって話を」

あまりに四弟がしつこいので、伯飛はつい言ってしまった。

「伯馬。その口ぶりだと、おまえがそれを企んでいるように聞こえるぞ」

「貴様、暗愚の分際で！」

伯馬がいきり立ち、佩いていない剣を探して腰の辺りで手を動かす。

「いいかげんにしろ！　兄弟の絆をたしかめる場だぞ。父を思って自重せよ」

伯金の剣幕を見て、さすがに伯飛も自制した。

「でも次兄。父上の先が長くないって噂は、すでに広まってるよ。ぼくらの腹になにもなくとも、前宮でも後宮でも、策謀を企図する者はいるだろうねえ」

五弟の発言に、然りと伯金がうなずく。

「本来なら皇位を継ぐべきは長兄だ。それを理解できぬ者たちに耳を貸すなよ」

伯金の警告を最後に、兄弟の集まりは散会となった。

伯飛は歩いて辰砂殿へと戻る。

連れもなく、供もない。誰かが伯飛を除こうとしているなら、簡単にそれができるだろう。しかし悪意が忍び寄る気配など、まるで感じない。

――口では脅しあっているが、誰もよからぬことは考えていないわけだ。

それでこそ幻王朝だと笑ったところで、ふいにうなじの毛が逆立った。

――刺客か。いや、この冷ややかな感じ……幽鬼か。

意識を集中させて周囲を探ったが、それ以上に近づいてくる様子はない。

「気のせい……というより酔ったか。帰って沐浴(もくよく)だな」

伯飛は若かりし頃から、幽鬼の気配を探るのが得意ではなかった。

「いま帰ったぞ。葛根、麻黄、いるか」

辰砂殿に帰りつき、伯飛は従者たちを呼んだ。

「お帰りなさいませ、殿下」

出迎えに現れたのが朱梨だけだったので、伯飛は少々面食らう。

「まだ起きていたのか。葛根と麻黄はどうした」

「私が殿下を待ちますと伝えて、偏殿に戻っていただきました」

なぜと見つめ返すと、すぐに朱梨が答えた。

「蓮葉の幽鬼を祓いました。その報告をさせていただきたく存じます。湯浴みの準備もできておりますので、洗体が終わりましたらお声かけくださいませ」

従者に湯浴みを手伝わせる者もいるが、伯飛にそうした習慣はない。朱梨もそれを葛根たちから聞き、衝立の外から語るつもりだろう。

「なるほどな。うまくできたからほめてくれ、というわけか」

「そういうわけでは……」

「いや、いいぞ。妻をほめるのは夫の職掌だ」

伯飛は笑い、私室へ向かった。

湯が張られた浴槽の前で、酒気が染みこんだ服を脱ぐ。肩の傷はあらかた塞がっていたが、皮膚に触れると痛みがあった。

歯を食いしばって体を洗い、浴槽に腰を落として声をかける。

「朱梨、もういいぞ。蓮葉の件を聞かせてくれ」

はいと返事があったような気がするが、距離があるため聞こえづらい。

「声が小さいようだ。朱梨、もう少し近づいてくれ」

すると朱梨が衝立ごと近づいてきたので、伯飛は思わず噴きだした。

「おまえは私の妻なんだぞ。恥ずかしがらずに顔を寄せてくれ」

朱梨は衝立の向こうでまごついていたが、やがて下を向いて姿を見せる。

わずかに見える小さな耳が、緋目よりも赤くなっていた。

「殿下。聞こえますでしょうか」

浴槽に寄りかかる伯飛の背後で、朱梨のかぼそい声が聞こえた。おそらくは伯飛と背中あわせで座っているのだろう。そのまま蓮葉の件の報告を聞いた。

「――そうか。芍妃は一命を取り留めたか」

「はい。駆けつけた侍医によれば、もう立っては歩けないとのことでした。私がもっと早く気づいていれば、大事には至らなかったはずです」

朱梨の声音に、後悔がにじんでいた。

「落ちこまなくていい。朱梨は蓮葉の未練を振り払った。遅かれ早かれ、芍妃のような者は報いを受ける。命があるだけましというものだ」

そう言っても、朱梨の慰めにはならないようだ。話題を変えるべきだろう。

「間接的とはいえ、この件にも百貴妃が関わっていた。もはや幽鬼の元凶だな」

「玉蘭から聞きました。百貴妃は皇太子殿下の母君だと」

ゆえに皇后とは場を同じくせず、その子息たる伯飛のことも煙たがっている。

「このまま伯金が皇位を継げば、百貴妃は皇后を飛び越し皇太后になる。母上は冷宮に送られ、私も憂き目にあうだろう」

伯金は伯飛に敬意を持っているが、母親にだけは逆らえない。

父たる皇帝が崩御すれば、幻の支配者は実質的に百貴妃だ。

「そんな……」

朱梨の悲壮な声は、自らも親を失った経験からだろうか。

「宿命の呪いは、私だけが背負っているわけではない。巫士を産んだ時点で、母上も覚悟はできているのだ。もちろん簡単にやられはしないし、朱梨たちも守るぞ」

巫士の力を持つ者は、皇族の中にひとりは転生する。

本来ならばそれが誰かはわからないが、伯飛の場合は例外的に生まれる前から巫士とわかっていた。ゆえに母の覚悟は伯飛以上だろう。

「殿下、私にできることはありませんか――っ」

背中越しに朱梨がこちらを向き、息を呑んだのがわかった。

伯飛の体には、先に怪我をした肩のほかにも多くの傷がある。

成人してから幽鬼と戦い続け、針で縫いあわせた箇所は数知れない。

「……私は慚愧(ざんき)に堪えません。殿下の宿命の呪いは、血眼などとは比べものにならないと知りました」

「そうでもないさ。我らは似たもの同士だと思うぞ。それよりも、朱梨。冷たい茶を入れてくれないか。長風呂をして逆上(のぼ)せそうだ」

「ただちに」

朱梨が去ったので、伯飛は湯から上がって夜着に袖を通した。

しかし夜が湿気をまとっている。火照りが強いため、諸肌(もろはだ)を脱いだ。

そこへ朱梨が戻ってきて、伯飛の上裸を見て一瞬だけ目をそらす。

目を背けたのは初心(うぶ)ゆえの反応で、目を戻したのは傷を嫌ったと伯飛に勘違いされたくないからだろう。妻として振る舞おうとしていることがうかがえる。

「六安(りくあん)。黒茶でございます」

朱梨が持つ盆の上に、大きめの茶杯が載っていた。

「濃いめに入れ、少し水を足しました。本来のつんとくる香りと癖のある味が、まろやかになります。酔い覚ましにもよいかと」

受け取った茶杯を傾けると、口の中が洗い流されたような気がした。

「うまいな。独特な味だ。白湯(さゆ)のようにとろりと飲める」

「黒茶の中でも普洱などは、摘んだ葉に水をかけて発酵させます。六安は竹で編んだ籠に詰めて醸成させ、酸味を和らげつつ古茶のような風味を引き出します」

ゆえに飲みやすいのかと、朱梨が用意した二杯目をしみじみと味わう。

「最近、映山紅に顔色がよくなったと言われた。朱梨のおかげだろう。茶は薬といっても簡単には効かぬ。茶を入れる者も含めての薬効だ」

「殿下、もっと私に命令してください。私は殿下のお役に立ちたいのです」

今夜の朱梨は、ずいぶんと食らいついてくる。幽鬼の蓮葉とした対話の中で、思うところがあったのかもしれない。

「そうだな。なにを言っても聞いてくれるか」

「はい。なんでもお申しつけください」

朱梨の緋目が真剣だったので、よしと伯飛は切りだす。

「まずは此度の蓮葉の件、見事な働きだった。頭を撫でてもよいか」

「そ、それでは、殿下のお役に立てません」

「おかしいな。先ほどの朱梨は、なんでも申しつけろと言ったはずだが」

朱梨はしばらく口をもごもごさせていたが、どうやら覚悟を決めたようだ。

「……お願い、いたします」

よしと伯飛は朱梨を胸に抱き、髪を撫でるように手を動かす。

「気持ちがいいだろう」

「はい……気持ちが……いいです……兄もよく、こうしてくれました」

「そうか。私がうまくやったときは、朱梨が我が頭を撫でてくれよ」

「そんな……不敬は……」

「命令だ」

「……はい」

そうして伯飛は心ゆくまで、朱梨の頭を撫で回した。

「後宮に美姫は多いが、朱梨が一番美しい。最近ますます美しくなった」

朱梨は照れているのか、うつむいて身を震わせている。

「さて、朱梨。次の命令だ」

「つ、次こそは、殿下のお役に立てるご命令を」

「ああ。この命令は、かなり特殊だ。誰かに確と言い当てられた際には、必ず白状してくれ。どれだけ恥ずかしくても、妻としてな」

伯飛は朱梨を胸元に抱き寄せ、耳元で命令をささやく。

すると妻の顔は真っ赤になり、口をもごもごさせつつこくりとうなずいた。

第四章　三組の訪客

一　朱梨、最初の訪客を雀舌でもてなす

「李貴人が催す燐灰宮のお茶会では、甘福普がお茶を入れてくれるそうよ」

「甘露(かんろ)のごときの美味と聞いたけど、土産話(みやげばなし)に怪談が必要だとか」

後宮にそんな噂が広がって、かれこれ数日が経った。

日頃から妃妾たちは互いを訪問し、茶を飲んでおしゃべりに興じている。

必然的によりよい茶が求められているため、燐灰宮には幽鬼の情報を持つ妃妾たちがぽつぽつやってきた。

「井戸のそばに、老いた宮女が立っていたんです。こんな時間になにをしているのと声をかけると、『殺してやらねば』と言ったとか……ああ、お茶がおいしい」

円卓の席に腰かけ、本日の来客がうれしそうに語る。

玉蘭は微笑みながら、手首の腕輪をいじり回していた。

「いかがですか、李貴人。私の怪談、お楽しみいただけましたか」

「え、ええ、興味深い話だったわ。またなにかあったら、教えてちょうだい」

玉蘭は客を見送りに立ち、戻ってくると深くため息をついた。

「うまくいかないものね。歩き回って噂話を仕入れるより、幽鬼の情報を持つ人間を招いたほうが早いと思ったんだけど」

情報が古かったり、又聞きで肝心なところがはっきりしなかったりで、玉蘭が当初目論んだようには、幽鬼の目撃談は集まっていなかった。

「私たちも、殿下のように足で情報を探すべきでしょうか」

後宮の人々も見慣れてきたのか、血眼を恐れて逃げる者は減っていた。侮蔑の言葉は投げられるものの、朱梨のほうも慣れてきている。

「嫌よ、疲れるし。もう今日は、普通の茶飲み話でもしましょう」

「そう言って玉蘭は、いつも殿方の話をするので困ります」

「当たり前じゃない、ここは後宮よ。お輿に乗った朱梨と違って、お渡りのない身は必死なんだから。まあ……いまは暇だけどね」

目下の陛下は夜伽どころか、公の場にも顔をお見せにならない。世継ぎを身籠るために入宮した妃妾たちも、最近は早寝していると聞く。

「代替わりがなされると、妃妾も入れ替わるのでしょうか」

「お手つきがない妃妾は、そのままとの噂があるわ。うまくすれば、わたくしも貴妃までいけるかも。そうなったら力をつけて、悪いやつらを追い出してやるわ」

丹妃を処した百貴妃とかねと、玉蘭は息巻いた。

「本当に玉蘭は、ずっと先を見据えていて立派だと思います。きっと幻の国母になれるでしょう……きっと」

わずかだが、言葉に悲しみがにじむ。

以前に蓮葉の幽鬼を止めようと走った際、肺にかなりの負担がかかったらしい。その晩に伯飛へ報告する前に咳をしたところ、血の塊を吐いた。

鏡を見ると、熱で頬や唇が赤く火照っていた。伯飛はそれを「ますます美しくなった」と誤解したが、朱梨は申し訳なさに顔を上げられなかった。

あれから時は経ったものの、微熱はいまも続いている。自分の命が風前の灯火だと思うと未来がある玉蘭がまぶしく、嫉妬に似た羨望の念があった。

「まあわたくしが国母になるためには、まずは皇太子の伯金殿下に気に入られないとだけどね。そういえば朱梨は、伯飛殿下と進展はあったかしら」

「それは……」

言葉に詰まってしまったのは、あの晩の伯飛を思いだしたからだ。

「あら、珍しい。いつも『特には』だったのに。なにがあったのかしら」

興味津々と、玉蘭が身を乗りだしてくる。

あの晩、朱梨は半裸の伯飛に抱き寄せられた。

湯上がりの熱い肌に触れるだけでも平静でいられないのに、伯飛は皇子にあるまじきことをささやいてきた。皇子らしい、命令口調で。

朱梨はそれに逆らえず、初めてあんなことをしてしまった。

殿方はみなそうされたいものかと、玉蘭に聞いてみたい誘惑はある。

しかし伯飛によからぬ噂を増やすやもと、朱梨はぐっと堪えた。

「その……殿下との距離は、少し縮まったように思います」

「それは、どういう意味で」

玉蘭が、ごくりと唾を呑む。

「殿下は日頃から、私の手や頬に触れられます」

たぶん幽鬼か否かを確かめるための癖なのだろう。すなわち女人慣れしているということだと思うが、それはひとまず置いておく。

「私は家族以外にそうされるのが初めてで、殿下に触れられるといつもびくりとしていました。ですが最近頭を撫でられたとき……心地よく感じました」

恥ずかしさに朱梨がうつむくと、玉蘭はけたけたと笑った。

「ごめんなさい。惚気話（のろけばなし）のはずなのに、犬の本音を聞いているみたいで」

ひどいと思いつつも、言い得て妙だと朱梨も感じる。

あのとき伯飛に抱き寄せられた朱梨も、必然的に夫の体に触れた。

指先や頬で伯飛の熱は感じたが、そこに人のやわらかさはまるでない。伯飛の体は傷や縫い痕ばかりで、どこもいびつで痛々しかった。

しかしその傷に指を這わせていると、無性に愛おしさを覚えた。あれは犬が主人の顔を舐めるのにも似た、愛情の表れなのかもしれない。

「すっかり顔を赤らめちゃって。初々しい夫婦でいらっしゃること」

玉蘭があきれたように笑い、すぐに真顔に戻って茶をすすった。

「私と殿下は夫婦と言っても、形だけのものですから」

「そう思っているのは、朱梨だけなんじゃないの。憐れむだけなら宮女として雇えばいいし、わざわざ妻に迎えたってことは……ねえ」

朱梨が一番美しいなどという伯飛の発言は、決して真に受けてはいけない。けれど毎日ささやかれると、本当かもと信じてしまいそうになる。

「あら。ふたりとも、あの子から聞いてないの」

いきなり部屋に入ってきた人物が、なんの気ない様子で口にした。

朱梨と玉蘭は驚くより先に、椅子から飛び降りて跪拝する。

「皇后陛下に、ご挨拶を」

朱梨は頭を下げつつ、なぜこんなところに菊皇后がと混乱に襲われた。

「面(おもて)を上げて、ふたりとも」

恐る恐る顔を上げると、皇后陛下はにこにこと笑っていらっしゃる。

「こ、皇后陛下におうかがいいたします。本日はこの燐灰宮に、どのようなご用件でいらっしゃったのでしょうか」

さすがの玉蘭も、緊張の様子が声に出ていた。

「やあねえ。もちろんお茶会にきたのよ。お土産話も用意してきたわ。だからふたりとも、そんなに畏(かしこ)まらないで。座ってもいいかしら」

菊皇后が言うと、控えていた従者たちが卓の椅子を引く。

朱梨と玉蘭も顔を見あわせつつ、恭(うやうや)しく同席した。

「さっきの話だけどね。後宮の女たちは、妃妾も宮女もすべて陛下の妻なの。だから特別扱いの皇子でも、寝所に侍女はいないわけ」

傑女選抜の際は厳正な印象だったが、いまの菊皇后はずいぶん気さくだ。

「つまり朱梨を雇うには、妻にするしかなかったってこと。新しく雇い入れた映山紅だって、もう子が産める歳じゃないでしょう」

なるほどと得心すると同時に、やはり真に受けなくてよかったと思う。

伯飛が朱梨に愛をささやくのは、形だけでも妻として迎えたことへの贖罪なのだろう。いまだ同衾を命ぜられないのが、なによりの証拠だ。

「朱梨、お茶よ。お茶を入れて」

玉蘭に小声で促され、はっと我に返った。

慌てて瓶から水を汲み、涼炉に鉄瓶を置く。

「朱梨とは傑女の選抜以来ね。あのときは公務だから厳しい態度だったけれど、私もあなたのことは気に入っていたのよ。今日はお茶を飲めるのが楽しみ」

どうやら菊皇后は、本当に朱梨を息子の妻とは思っていないらしい。輿入れに際して伯飛から挨拶不要と言われていた理由が、いまになってわかった。

「すごいわね。茶博士の娘ともなると、入れ方が豪快なのねえ」

皇后に言われ、朱梨は茶壺に湯をかけすぎていることに気づいた。取り返しがつかないことではないが、片眉だけを上げてこちらを見る玉蘭の視線が痛い。

「そうそう。もうひとつ朱梨に謝らないと。形だけとはいえ妻になったのに、婚礼の儀を行えなくてごめんなさいね。いまは陛下の体調が優れないから」

菊皇后が、略式ながら朱梨に頭を下げる。

「皇后陛下、どうか、お顔を、上げてください。私は市井の、娘にすぎません」

さっきから恐縮する思いばかりで、息が苦しくなってきた。

「だめよ、朱梨。あなたは形式的にはもう皇族。自分を貶めるような物言いは、逆に皇后陛下を辱める(はずかし)ことになるわ。あなた、さっきからおかしいわよ」

また玉蘭に注意され、朱梨は自身の失言を知る。

ここまでくると、自分が伯飛の求婚理由に動揺しているのは明らかだった。

しかし考えてもどうにもならず、ひとまずは茶を入れることに集中する。

「雀舌。緑茶でございます」

茶葉の形が雀の舌のように見える、最高級の茶が雀舌だ。

雀舌を冠する茶は種々あるが、今回朱梨が用意したのは毛峰茶になる。一芯三葉で摘まれた若葉には碧螺春と同じ産毛があり、舌に長く残る甘みが特徴だ。

「雀舌は、やっぱりこの色よねえ。緑茶なのに黄色に近いの。たしか、茶葉を乾燥させる時間がかなり長いのよね」

陛下にも献上されている銘茶ゆえか、菊皇后も製法に明るい。

「仰せの通りにございます。釜で炒ったあとに、天日で乾燥いたします」

茶話であれば、朱梨も緊張がゆるみ言葉が出る。

「青いような、燻されているような、人が丹精をこめて作った香り。味はまさに幻という国そのもの。期待以上においしいわ」

たおやかに微笑む菊皇后を見て、朱梨も思わず口元をほころばせた。

「ねえ、朱梨。あなたの顔を、もっとよく見せてもらえないかしら」

ざわりと心が波だったが、伯飛の母ならと信じて顔を近づける。

「きれいな赤ねえ。本当に紅玉みたいな瞳。ご両親も、同じ色なのかしら」

「いえ。父も母も、ごく普通の瞳でした」

ついでに言うなら、顔つきもまったく違う。自分は拾われ子かと疑ったこともあったが、朱梨を取り上げた産婆に聞いたら笑い飛ばされた。

「じゃあ天から授かったみたいに、いきなり美人が生まれちゃったのねえ」

菊皇后の言った意味がわからず、朱梨はきょとんとしてしまう。

「だめですよ、陛下。朱梨はその手のほめ言葉、信じませんから。辛い人生だったらしく、少し優しくされただけで泣く子なんです」

玉蘭が笑うと、菊皇后も一緒に微笑む。

「朱梨ったら。歳はさほど若くないのに、本当にかわいい子ねえ」

「えっ、朱梨っていくつなの」

玉蘭が驚いたように聞いてきた。

「私は、十八になりました」

「えっ……わたくし、十六」

今度は朱梨が、「えっ」と口を押さえる。

「私は玉蘭を、姉のような人として慕っていました……」

「うれしいけれど、微妙に失礼ね……」

一瞬の間を置いて噴きだすと、菊皇后もつられて笑った。

「なんだか本当に娘ができたみたいで楽しいわ。朱梨、玉蘭。次は私の蛍宮（けいきゅう）にも遊びにきて……じゃなくて！」

菊皇后が急に我に返り、ふるふると首を横に振った。

「ふたりとも、いますぐ蛍宮にきてくれないかしら」

「と、言いますと」

さすがに身構えつつ、玉蘭が尋ねる。

「最初に言った、お土産話。どうも出るのよ。うちの庭に、幽鬼が」


蛍宮に徒歩で向かいながら、皇后陛下が自ら状況を説明してくれた。

数日前の夜、菊皇后は庭で夕涼みしていたらしい。

すると小川の流れる庭の石橋に、たたずむ妃妾の姿を見留めた。勝手に庭に入ったことを怒りはしないが、一応は主人として声をかける。

「相手はすぐに謝ったけれど、名乗りはしなかったのよ。『自分はもう妃妾ではないので』って。それでいながら頼みごとをしてきたの。『しばらくの間、夜に庭を散歩させてほしい』と。場所はあの辺りよ」

夕刻の庭を歩きながら、菊皇后は石橋を指さした。

「皇后陛下を相手に図々しいというか、恐れ知らずというか」

玉蘭の意見に朱梨も同感だ。仮に切羽詰まった事情があったとしても、罰を受けても文句の言えない状況だろう。

「でね、様子を見ることにしたら、次の夜にも現れたの。私は庭の端から見守っていたんだけど、どうも通りかかった宦官と話しているみたいで」

そのときの妃妾の顔が印象的だったと、菊皇后は言う。

「楽しそうなんだけど、ときどき切なくてたまらないって目でねえ」

「それは……道ならぬ恋の予感がしますわ」

玉蘭が食いついた。

「そうでしょう。気になったから宦官——乙字（おつじ）というのだけれど——話を聞いてみたの。そうしたら、『相手が誰かはよく知らない』、『世間話をした』って」

「それは……なんだかもやもやしますわ」

玉蘭が朱梨を見たので、たしかにとうなずく。

「でも夜にだけ現れるなんて、まるで幽鬼でしょう。伯飛に相談したら、『その手の話は朱梨と玉蘭に任せた』って言うから」

伯飛は朱梨たちの活動内容を、母親に伝えていたらしい。菊皇后は伯飛を産んだ人で、巫士の呪いをすべて知っている。

「ところで、朱梨。あなたは視鬼の力があるって聞いたけど」

菊皇后が、石橋のほうに顔を向けた。

「皇后陛下。その元妃妾は瓜実顔（うりざねがお）で、石榴（ざくろ）が刺繍された団扇をお持ちですか」

問いを返すと、菊皇后は「ああ」とため息をつく。

「見えてしまったのね。悪鬼でないといいんだけれど」

「悪鬼であれば、殿下は皇后陛下に私たちを頼れとは言わないはずです」

朱梨の意見に、たしかにねと菊皇后がうなずいた。

では幽鬼に話を聞いてみようとなったところで、玉蘭が猛烈に反対する。

「だめよ、朱梨。老師がいないわ」

以前は朱梨たちと幽鬼の接触を陰で見守ってくれたが、今日は茶会からの突発調査なので老師は近くにいないだろう。

「ですが玉蘭。かの妃妾は理性的で、皇后陛下や宦官とも話せています」

「だめよ、朱梨。いい人そうに見えても相手は幽鬼。最低でも老師が立ち会っていないと、わたくしが幽鬼との接触を認めません」

玉蘭は断固として拒否した。

朱梨が自分の命を軽視していることを、玉蘭はよく知っている、次は自分が朱梨を守ると伯飛にも誓っていた。だから本来は行動派の自分を曲げてまで、慎重に行動しようとしてくれているのだろう。

「申し訳ありません、玉蘭。私が軽率でした」

友の心配がうれしくて、朱梨は玉蘭の手を握る。

「は、恥ずかしいからやめて。皇后陛下、調査は日をあらためさせてください」

玉蘭が言うと、菊皇后はうれしそうに笑った。

「ふたりは本当に姉妹のようね。どっちが姉かは言わずにおくわ」

二　朱梨、次の訪客に辱めを受ける

夕食後、今日の報告をしようとしたところで伯飛から散歩に誘われた。

「こうしてふたりで庭を歩くのは、初めてのことだな」

「そう……ですね。殿下には宿命がありますし」

「そう硬くなるな、朱梨。夫婦なのだから、他愛ない話をしてくれ」

最近はよくしゃべるようになったと玉蘭に言われたが、それは会話の主導権が相手にある場合だ。自分から話題を出せるまでには成長していない。

どうすればと伯飛を盗み見ると、その顔がずいぶん上にあることに気づく。

「殿下は、背がお高いですね。隣に立つと、あらためてわかります」

「言うに事欠いて、背ときたか」

伯飛が、くつくつと笑う。

笑われているのはわかるが、怒る気にはなれない。伯飛はいつも笑っている。

「まあ最初はその調子でいい。背は……そうだな。兄弟の中では一番高いが、武術の兄弟子ほどではないな。あいつは五尺ある。あの物見塔よりも高いぞ」

庭の塔を指さして笑う伯飛の冗談に、朱梨もくすくすと笑う。

しばし歩きながら他愛ない話を試みると、伯飛は何度も笑ってくれた。

「葛根に言って、涼炉を用意させておいた。茶を入れてくれるか、朱梨」

伯飛が竹林の亭に腰を下ろし、朱梨は置かれていた茶具を調べる。

宵の月を眺めながら鉄瓶を炉にかけ、昼間に菊皇后と会った話を聞かせた。

「玉蘭は我が母よりも母らしい。あの貫禄なら姉とも思うさ」

伯飛が愉快そうに笑うと、朱梨も胸の内に温かいものが湧く。同時に切なさも覚えるのは、ただの散歩でも息が上がっていたからだ。病は確実に進行している。

「皇后陛下もお優しい方で、私は母を思いだしました」

「朱梨の母上は、どんな人物だった」

母をひとことで言えば、謝ってばかりの人だ。

体が弱く、床に臥せっては「ごめんね」と詫びていた。なんでそんなに謝るのかと聞くと、また「ごめんね」と泣き笑いの顔をする。

　とはいえ健康なときは娘に優しく、一緒に童歌を口ずさんでくれもした。養子の兄にも我が子同然に接し、兄が死んだときはやはり謝っている。

　しかし落馬の怪我が元で父が命を落とした際、母は泣きも謝りもしなかった。病弱な自分ひとりで娘を育てることになり、それどころではなかったのだと思う。

　母は文字通り身を削って働き、十四の娘を育ててくれた。

　しかし母は商人ではない。いくつかの不幸が重なり、大きな借金を背負った。

　母は茶館と娘を守るべく、茶商の猪氏を頼る。

　名目上は使用人だったが、母は猪氏の妾になった。朱梨が養女となれば自分の死後も娘を守れると、命を売ったに等しい。

「母は美しい人でした。私と容貌は似ていません。血眼なのも私だけです。しかし私は、自分が母に似ていると思っています」

　長い話の最後にそう言うと、伯飛はうなずいた。

「すぐに謝るところや、自分を犠牲にするところか」

　見事に言い当てられたので、朱梨は苦笑する。

「私は病床の母が、あれほど謝っていた理由がわかるのです。自分が病弱で娘を守れない。私を血眼に産んでしまった。母はなにも悪くないのに、私のために命を懸けてくれたのに、ずっと私に謝り続けて――」

「もういい、朱梨。泣くならここで泣け」

伯飛に抱きしめられ、朱梨は初めて自分が泣いていることに気づいた。

「すみません……泣くつもりなど……」

座る伯飛にしなだれかかる形になり、母のように謝ってしまう。

「知っているか、朱梨。私がいままで見たおまえの涙は、すべてうれし涙だ。食事のたびに『おいしい』と泣き、玉蘭が優しいと泣き、茶を入れて喜ばれることがうれしいとまた泣く。ぜんぶ、半分は笑っているんだ」

言葉は柔らかいのに、頬に伝わってくる伯飛の体温は猛々しい。

「だがそんな泣き虫が、悲しみの涙を流さぬわけがない。いままで人知れず泣いていたのなら、もう隠さなくていい。私とおまえは夫婦で、家族だ」

強く抱きしめられ、自分も伯飛の背中に手を回したいと感じた。

けれど伯飛の言葉は博愛からくるもので、甘えてしまえば負担になる。

「朱梨、上を見ろ」

顔を上げると、空に月と星の運河が広がっているのが見えた。

「母も父も、それから兄も、家族はあそこでおまえを見守っている。私は地上の家族として、三人のぶんまでおまえの茶を飲もう」

「どうして……どうして殿下は、そんなにもお優しいのですか」

「またそれか。決まっているだろう。朱梨の気を引きたいからだ」

茶化す優しさに堪えきれず、朱梨も腕を伸ばして伯飛を抱きしめた。

言葉もなく、ただ抱かれる安心に身を委ねる。

このぬくもりを手放したくないと、強く伯飛にしがみつく。

いつまでもこうしていたかったが、湯が沸いてしまった。

朱梨は立ち上がり、手早く茶を入れて伯飛に蓋椀を差しだす。

「銀針。黄茶でございます」

茶葉は針のように太く、干し草のような香ばしさとかすかな甘みがある。繊細な味で茶道楽向きだが、喉を潤す際にも癖がなくてよい。

「白茶や緑茶にも銀針はありますが、黄茶がもっとも稀少です」

「私は朱梨が茶を入れるところを見るのが好きだ。所作にほれぼれする」

「いまはお茶の話を……殿下は困ったお方です」

朱梨が眉を下げると、伯飛が人懐こい顔で笑って茶を口にする。

「もちろん茶も飲むさ……ほう。驚くほど甘いな」

「茶葉を加熱して発酵を止めながらも、三日間だけ発酵環境で保管します。このゆるやかな熟成方法が『悶黄』で、茶葉を独特の色にさせて甘みを引きだします」

「熟れた果実を思わせる味と香りだ。これは癖になるな」

朱梨は二杯目を入れてから、亭の腰かけに座った。

「どうだ、朱梨。私の顔を見て思うところはないか」

問われて伯飛をまじまじと見る。不敬である以前に、こうして顔を上げて人の目を見る日がくるとは思ってもみなかった。

「やはり月明かりだけでは、わかりにくいか」

伯飛は頑強な体つきに比べると、きれいな顔だと思う。目つきは凜々しく、鼻筋は通っていて、大勢の男に紛れてもひとりはっきりと目立つだろう。

「最近また、『顔色がよくなった』と言われたのだがな……」

「い、言われてみれば、肌艶がよくなった気がします」

顔立ちに見とれてしまい、健康状態まで及びがつかなかった。いままでそれだけを気にしていたはずなのに、我ながら茶仮裏(ちゃつかり)していて忸怩(じくじ)たる思いだ。

「茶がうまいと心が軽くなる。それが体調にも影響を及ぼしているようだ。明日からはまた、私も調査に出ようと思う」

驚き、引き留めたいと思ったが、朱梨にその権利があるはずもない。

「どうか、十分にお気をつけて」

「ああ。朱梨のほうの案配はどうだ」

庭に現れる元妃妾の幽鬼について話すと、問題ないなと伯飛はうなずいた。

「老師は本来、私が足下にも及ばない巫士の祖だ。仮に危険な幽鬼であっても、さして苦もなく処理できるだろう。今宵はそろそろ戻るか」

伯飛が立ち上がったので、朱梨は手早く茶器を片づけた。

月下の夜を並んで歩き、辰砂殿へとゆっくり戻る。

「私が朱梨を妻に迎えた理由は、ひと目ぼれだけではないのだ」

ふっと思いだすように、伯飛が薄く笑って言った。

「皇后陛下からうかがいました。子を産める宮女は、辰砂殿におけぬからと」

「いや……そうか。そうだったな」

伯飛はなぜかさびしそうな顔をして、それからまた月を見やった。


翌朝の朱梨は、伯飛と朝食を共にした。

「おお、朝から朱梨と目があった。これは吉兆か。おまけに我が妻は、昨日より一段と美しい」

朱梨は恥ずかしさに目を伏せつつも、いやと顔を上げて伯飛を見る。

「殿下も今日は、お顔の色がよいようです」

「だとしたら、昨夜に朱梨のぬくもりを感じたからだろうな」

伯飛がにやりと笑った。

童もいるのになんてことをと見ると、老師は完全に感情を失った顔だ。

「朱梨。睦まじいのはけっこうだが、時と場は選べよ。それと我はいまから、伯飛と鍛錬に励む。昨晩に言っていた随伴の件は、夕刻でよいな」

淡々と話す童子の様子が、ことさらに朱梨を恥じ入らせる。

「申し訳ありません……蛍宮で合流いたしましょう」

自分もやるべきことをしようと、食事を終えて外出の支度をすませた。

すると出がけに伯飛が、門前まで見送ってくれる。

「朱梨、気をつけてな。できれば私が出発する前に帰ってこいよ」

昨夜に泣いてばかりと言われた朱梨だが、いままさに涙ぐんでいた。

——たとえ本当の妻ではなくとも、自分には帰る場所がある。

もっと伯飛の役に立とうと、朱梨は身を入れて燐灰宮へ向かった。


「邪魔をする」

茶会で土産話のある客を待っていると、またもや意外な人物の訪問を受けた。

朱梨は慌てて跪いたが、玉蘭は平静を保っている。

「こんにちは、伯馬殿下。殿方が陛下の妃妾を訪ねるなど、昼日中であっても、第四皇子であっても、決してほめられませんわ」

きっぱり告げたのち、玉蘭が小声で朱梨に言う。

「伯馬皇子はある意味、伯飛殿下よりも評判が悪いわ。私の狙いは皇太子殿下ひとりだし、適当にあしらっちゃいましょう」

朱梨は友の胆力に感服しつつ、ひとまず様子をうかがった。

「きゃあきゃあと、うるさい女め。茶会など、女は気楽でいいものだな」

「気楽な女でないと、殿方は嫌がりますから。本日は何用でしょう」

玉蘭は請けあわず、すまし顔で応答する。

「妃妾と福普が、幽鬼の話を集めていると聞いた。それはまことか」

「あらまあ。もしかして、殿下は幽鬼をご覧になったのですか」

「戯れ言を。幽鬼など……いるわけがないだろう」

伯馬の自信が揺らいだ瞬間を、玉蘭は見逃さない。

「そういえば、殿下は従者にお優しくないそうですね。きっと数多を手打ちにされているのでしょう。それで怖くなって相談にいらしたと」

「そっ、そんなわけないだろう！　俺を愚弄する気か！」

いきなり火がついたように怒る伯馬の様子に、朱梨は義妹を思いだした。

「とんでもございませんわ。それでは用向きはなんですの」

さっきの玉蘭の話は図星だったらしく、伯馬は舌打ちをする。

「それは……ここに長兄の夫人がいると聞いたのでな。ちょっと冷やかしにきただけだ。悪くない顔立ちじゃないか。長兄も隅に置けない」

伯馬は無遠慮な視線で、玉蘭の全身を舐めるように見た。

おそらくは幽鬼の件の目的を達せられなかったので、当たるを幸いと鬱憤を晴らしたいのだろう。

「誤解ですわ、伯馬殿下。わたくしなど、甘福普の足下にも及びません」

玉蘭がこちらに視線を向けつつ、一歩後ろに退いた。

「も、申し遅れました。私が甘朱梨です」

これも妻の務めとして、おずおずと挨拶する。

「かあっ、これは！　血眼じゃないか。さすが長兄、いい趣味をしている」

伯馬は大声で笑い、嗜虐的な目で朱梨を品定めした。

「そうだ。思いだしたぞ。甘福普に聞きたい。長兄のことだ」

朱梨が身構えると、伯馬はにやにやと笑いながら近づいてくる。

「そなたは長兄を、噛んだことがあるか」

まるで全身に火がついたかのように、朱梨の肌が熱くなった。

「伯馬殿下。お戯れがすぎますわ。皇后陛下にお伝えします」

玉蘭が割って入ってくれたが、伯馬は退かない。

「私は甘福普に聞いている。部外者は黙っていろ」

「最低ですわね。朱梨、言っておやりなさい。この痴れ者と」

玉蘭は怒りを露わに、まさに噛みつく勢いだ。

「いいのです、玉蘭。はい。私は伯飛殿下の玉体に、この歯を立てました」

玉蘭が「ええっ」と仰け反って驚く一方、伯馬はまた舌打ちをする。

「くっ……となると長兄の怪我は本物か……」

「なんだかわかりませんが、ひとつ忠告ですわ。伯馬殿下と同じく従者を虐げていた芍妃は、先日幽鬼に首を絞められました。いまも床で錯乱しているようです」

玉蘭の言葉を聞き、伯馬はあからさまに顔を青くする。そうして「気色の悪い女どもめ」と、悪態をつきながら去っていった。

「さ、厄介者はいなくなったわ。ちょっと、朱梨。どういうことなの。あなた言っていたでしょう。殿下とは共寝もしていないって」

伯馬を追い払った玉蘭が、返す刀で斬りかかってくる。

「あの、そういう話ではなく……白状しますから、座ってください」

あの晩の伯飛は、朱梨を抱き寄せて耳元でこう言った。

「朱梨。私の体を噛んでくれ」

それ以前の会話で、朱梨はなんでも命令してくれと言っている。

いまさら拒めず、恥ずかしさにべそをかきながら伯飛の体に歯を立てた。

「その際に殿下は、事情を説明してくださいませんでした。ただこの件を子細に問われたら、必ず白状しろとおっしゃったのです」

「話が見えたわ。伯飛殿下は幽鬼と戦った際の負傷を隠すため、妻に噛まれたと言ってごまかしたのよ。朱梨に噛ませたのは、それを本当にするためね」

察しのいい玉蘭のおかげで、朱梨も積日の疑問が解けた。

「兄弟の確執ってほどじゃないんでしょうけど、面倒な弟を持って殿下も大変ね」

「そういう話も、殿下はほとんどしてくださいません」

「だめよ、朱梨。殿方相手には、大事なことは自分から聞かないと。面倒くさがりのくせに、こちらが尋ねないと拗ねるんだから」

玉蘭の言葉に、はっと気づかされた。

以前に夫のことをなにも知らないと、朱梨は伯飛に尋ねようとした。しかしのちに諸々がわかったため、いまも会話は伯飛の主導だ。

「役に立とうとするばかりで、私はいまだ殿下自身を見ていない……」

朱梨が思わず口にすると、玉蘭がぴしゃりと言う。

「それは朱梨が、自分は仮の妻だと決めつけているからよ。身分が違うとか、宮女を置けないから娶ったとか。殿下は案外、さびしがってるかもね」

そう聞いた瞬間、伯飛に会いたくてたまらなくなった。

会って謝りたい。もっと他愛ない話をして伯飛を知りたい。お茶だけでなく、言葉でも気持ちを伝えたい。

「玉蘭、そろそろ日が落ちます。蛍宮に向かいましょう」

急にやる気をみなぎらせた朱梨を見て、玉蘭は慈母の顔つきで微笑んだ。

三　朱梨、無名の茶を入れ嘘を暴く

蛍宮で菊皇后、そして老師と合流し、庭の石橋を遠くから見守る。

やがて辺りに薄闇が広がり始めた頃、玉蘭が言った。

「わたくしにも見えるわ。すらりとして、手に団扇を持った妃妾が」

菊皇后からの情報で、幽鬼は妃妾ではないと自白している。

あれから調べたところ、最近になって亡くなった妃妾がひとりいた。

椿答応(ちんとうおう)は、宮女から妃妾に召し上げられたらしい。

その頃は帝も健康だったため、その容貌か行いかが気に入られたようだ。

しかし答応の位を賜ってすぐに、風邪をこじらせて亡くなったのだという。椿答応が元妃妾を自称するのは、死を自覚しているということだろう。

「我の見立てでは、珍しいくらいに温厚な幽鬼だ。近づいても問題あるまい」

老師がお墨つきをくれたところで、玉蘭がささやく。

「老師の言うことって、どれくらいあてになるのかしら。転生を繰り返した英雄とはいっても、やっぱり童だし」

「聞こえておるぞ、跳ねっ返り」

老師が胡乱な目つきで玉蘭を見ていた。

「我が転生を繰り返すのは、歴戦の猛者だからというだけではない。幽鬼どもと永遠に戦い続ける覚悟ができているからだ。この意味がわかるか」

「死を恐れないってことかしら」

「間違ってはいない。巫士は不死だ。だが肉体がよみがえるわけではない。魂だけが転生という形で生きる。死を恐れていないのではなく、生を恐れていないのだ」

朱梨が真意をつかみかねていると、玉蘭も同じように首を傾げていた。

「じゃあ、巫士の母たる私が説明してあげようかしら」

菊皇后が老師と交替する。

「巫士は幽鬼と戦う以上、どうしても長くは生きられないの。転生して短命な人生を繰り返す存在って、ゆるやかな老後を経ないぶん心が摩耗するらしいわ。昨日に知りあったばかりの友が、今日には老いて死んでいく感覚なんですって」

伯飛の母として、菊皇后は巫士についてかなり学んでいるようだ。自分も伯飛の妻として知っておかねばと、朱梨は真剣に耳を傾ける。

「孤独の苦しみ……端的に言って、生き地獄ね」

玉蘭が、身をかき抱いて老師を見た。

「わかったか。その人生を受け入れているからこそ、我は誰より強いのだ」

えへんと胸を張った老師は、やはり童子らしい。

しかし朱梨も玉蘭も、宿命の苦しみに当てられていた。

「莫迦者。他人の苦しみに蝕まれているようでは、幽鬼など祓えないぞ」

老師が遠い石橋にいる、椿答応を指さした。

椿答応の傍らには宦官がいて、ふたりはなにか会話している。

「あれが乙字よ。もうすぐ就寝の刻なので、しばし待ちましょう」

菊皇后の提案に従い、しばらくふたりの様子を見守った。

「椿答応は本当に幽鬼なのかしらね。表情が生き生きしてるわ」

玉蘭の言う通り、赤みが差した頰には生気すら感じられる。

「それに引き換え、乙字は浮かない顔に見えるわねえ。入宮したばかりだけど、博識で出世を望める宦官なのに。不満なことでもあるのかしら」

菊皇后が不思議そうに、首を傾げていた。

ややあって乙字が去ったので、椿答応に声をかけることにする。

「こんばんは、椿答応」

最初に菊皇后が声をかけると、椿答応は恐縮しつつ謝罪した。

「申し訳ありません、皇后陛下。いましばらく、庭にいさせてくださいまし」

「それはかまわないけど、あなたは幽鬼なのよね」

はいと、椿答応はあっさり認める。

念のために朱梨が手に触れると、その肌はぞっとするほど冷たかった。

「わたくしたちは、幽鬼の未練を払う手伝いをしているの」

玉蘭がこちらの意図を説明する。いまは人に害がなかったとしても、解消されない未練は幽鬼を悪鬼に変えてしまうと伝えた。

「椿答応。あなたの未練をお聞かせ願えませんか。私たちが力になります」

朱梨が積極的に交渉するのを見て、玉蘭が感心する。

「本当に、朱梨は変わったわね」

だとしたらそれは、玉蘭と伯飛のおかげだ。

人から忌み嫌われる存在で、助けてほしいと手も伸ばせない。そんな幽鬼に、朱梨は自分を重ねていた。だから玉蘭や伯飛がそうしてくれたように、自分も幽鬼に手を差し伸べたいと思っている。

「そう……ですね。私の人生は短かったですが、特に悔いは残っていません」

椿答応は朱梨に向かって微笑んで、穏やかに答える。

「ですが未練がなければ、死者は幽都に召されるはずです」

「ならば間もなく、召されるのでしょうね。私に未練はありませんが、乙字のことは気にかけています。私たちは同郷なので」

宦官の乙字は、椿答応が亡くなる少し前に入宮したらしい。生前に話を交わす機会はなかったが、幼い頃は一緒に遊んだ仲だという。

「私たちは同じ私塾で学びました。私は宮女になると決められていましたので、学問にも身が入りません。そんなとき、乙字が励ましてくれたのです」

乙字は椿答応に、『学問は自分のためにすべきもの』と語ったそうだ。

「それから間もなく、私は宮女として入宮しました。忙しい日々ですが、暇を見つけて学問に打ちこんでおりました。周囲の者には笑われましたが、そのたびに私は乙字の言葉を思いだしていました」

「男は賢(さか)しい女を嫌う。女はそう教わって育つものね」

菊皇后がため息をつくと、玉蘭が激しくうなずいた。

「ですが皇帝陛下は違ったのです。私のことを知り、より学べるようにと答応の位を与えてくださいました。おかげで多くの書物に目を通せましたが……」

照れたように笑いながら、椿答応は無理をしすぎたと口にした。

「ですから私は感謝こそすれ、誰も恨んでいません。気がかりがあるとすれば、いまの乙字が自信を失っていることです」

　入宮前の乙字は官吏を目指し、登用試験に向けて学んでいたという。しかしいざ入内してみると、周囲の者がみな自分よりも優秀だと思い知らされたらしい。田舎の神童では太刀打ちできないと、心が折れているそうだ。

「乙字は私が幽鬼とは気づいておりません。それで夜ごとに励ましているのです。私は宮女だったけれど、友の助言で学び続けて妃妾になったと。ですが『宮女になれる時点で育ちが違う』と、乙字は聞く耳を持ってくれません」

「ちょっと待って、椿答応。その口ぶりだと幽鬼以前に、乙字はあなたが幼馴染みだと気づいていないみたいじゃない」

　玉蘭の問いに、椿答応が顔を赤らめた。

「幼き頃の私は、男と見紛うような童女でした。乙字は当時の私を男だと思っているでしょうから、言っても信じてもらえないはずです」

　かつて乙字が椿答応を励ました言葉には、続きがあるという。

『学問は自分のためにすべきもの。我らが立派な官吏になれなくとも、この学び舎で得たものは生涯の宝です』

幻の官吏に、女性は登用されていない。

乙字が椿答応を男と思っていたのは、間違いなさそうだ。

「となると乙字が立ち直ったら、椿答応の未練は解消かしら」

玉蘭が一同の顔を見渡す。

「ですが私の言葉では、どうにも響かないようで」

椿答応は肩を落とした。無口ではないが物静かな人であるので、言いくるめるような仕事は向いていないだろう。

「かといってわたくしや皇后陛下が出張ったら、乙字は縮こまるだけね」

「そうねえ。元の身分で言ったら、朱梨のほうが親近感を持ってくれるかも」

玉蘭と菊皇后の会話から、朱梨は考える。

それなら朱梨の弁が立てば、問題は解決だ。

もちろんそれは絵空事だが、考え方の糸口にはなった。

「皇后陛下。明日の夕刻、お庭で茶会を催してもよろしいでしょうか」

「それはかまわないわ。じゃあ私は、乙字に参加を命じるわね」

意を得たりと、菊皇后がうなずいた。

「今回は、人が少ないほうがよいと思われます。皇后陛下、老師、玉蘭は、この辺りから茶会を見守っていただければ」

うむと老師がうなずくも、玉蘭が心配そうに朱梨を見つめる。

「ねえ、朱梨。みんな口下手だけど、舌が滑らかになるお茶でもあるの」

そんなお茶はない、というわけでもなかった。


朱梨が急いで辰砂殿に戻ると、ちょうど伯飛が身支度を終えたところだった。

「おお、伯飛。いまから出立か」

老師が声をかけ、伯飛がうなずく。

「ああ。妻に幽鬼祓いを任せきりでは、巫士の名が廃るからな」

笑いかけてきた伯飛の目が、やけになつかしく感じられた。今日はずっと伯飛のことを考えていたからだろうか。

「どうした、朱梨。私の顔になにかついているか」

「い、いえ。どうかお気をつけて」

近くまた散歩をしたいですと言いだせず、ただ頭を下げる。

すると耳元に、伯飛が口を寄せてきた。

「弟の伯馬に会ったのだろう。なにか聞かれたか」

そばに老師がいるためみなまで言えず、朱梨は火照った顔で小さくうなずく。

「そうか。恥をかかせて悪かった」

伯飛は謝りながらも、その口元は笑っていた。

「私は殿下の妻ですので、恥ずかしいなどと思っておりません」

そう返すと、伯飛が真顔に戻って頰をかすかに赤らめる。

「朱梨、いまの言辞は素晴らしかった。もう一度頼む」

「そんな風に言われると……」

それでも朱梨は、先ほどよりも小さな声で繰り返した。

「朱梨。おまえを妻にしてよかった。行ってくる」

伯飛は病み上がりとは思えぬほど、意気揚々と出かけていく。

そんな夫婦の様子を、老師が魂の抜けたような表情で見ていた。


翌朝の朱梨は寝ている伯飛を起こさぬよう、まずは葛根に頼みごとをした。

「問題ありません。この葛根にお任せください」

辰砂殿における葛根の仕事は厨房番で、茶や食材の調達も引き受けてくれる。

かなり難しい注文にもかかわらず、葛根は夕刻前にそれを用意してくれた。


「待ってたわ、朱梨。茶席の用意はしておいたわよ」

菊皇后の出迎えに、朱梨たちは跪いて頭を下げた。

すでに椿答応が石橋にいたが、朱梨と老師以外にはまだ見えていないらしい。乙字も小川のほとりにいて、用意された席に座っている。そわそわと落ち着かない様子なのは、皇后陛下の命だからだろう。

「我らはここで見守る。差配は朱梨次第だ」

蛍宮の庭の端にある、大きな柳の木陰で老師が言った。ここからであれば椿答応と乙字の会話も、ほどほどに聞こえるだろう。

「大丈夫。いまの朱梨なら、きっとうまくやれるわ」

玉蘭に励まされ、朱梨は行李をひとつ持って茶席に向かう。

「甘朱梨と申します。本日は、私がお茶を入れさせていただきます」

朱梨が頭を下げると、すぐさま乙字が立ち上がった。

「あ、あの、甘福普。私はなぜ呼ばれたのでしょうか」

本来の自分のように狼狽する乙字を見て、朱梨は逆に沈着する。

「心配しないでください。いつものように、椿答応とお話しいただければ」

淡々と答えて、筐の炭を涼炉に移した。

乙字の緊張をほぐそうと、常より素早い手さばきで茶杯に湯を注ぐ。

「おお、演舞を見ているようです。さしずめ茶芸といったところでしょうか」

「本当ですね。じっと見入ってしまいました」

乙字に声を返したのは、朱梨ではなく椿答応だった。

「ち、椿答応。申し訳ありません。いらっしゃるとは気づかず」

すぐさま立とうとした乙字を、椿答応が座らせる。

「私とあなたは、共に茶会に招かれた身。肩肘を張らずに楽しみましょう」

「はい。急に椿答応が現れたように思え、驚いてしまいました」

「まるで幽鬼のようでしたか」

椿答応が、ふふと笑う。

しかし乙字が口ごもり、会話は途切れかけた。

「おや、なんでしょうか。この香り、すごくなつかしい」

椿答応が目を閉じて、辺りに漂う匂いを嗅いでいる。

「そういえば……この香ばしさは……」

乙字も、ひくひくと鼻を動かした。

「無名。烏茶でございます」

頃あいと見て、朱梨は茶杯を差しだす。

「茶葉を放置しすぎた、偶然から生まれた発酵茶です。まだ名はありません。外海では薬として親しまれていますが、幻では一部の好事家（こうずか）だけが好むお茶。そのため烏茶を製造している地域は、ほんの一部です」

茶話を語ると、椿答応と乙字が同時に声を上げる。

「覚えていますわ。私が風邪を引いたときに、祖母が入れてくれました。渋くておいしくはなかったけど……ああ、なつかしい」

椿答応は茶杯に鼻を近づけ、郷愁の念に駆られている。

「私は実家の隣が薬屋で、毎日のようにこの香を嗅いでおりました」

乙字も目を細めて、故郷の匂いを吸いこんだ。

「この味……たしかに飲んだ覚えがありますが、昔よりもおいしい気がしますわ」

「私は初めてです。こんなにおいしいなら、故郷でも飲んでおけばよかった」

「本当ですね。赤い色も素敵。そう思いませんか、乙字」

「はい。烏茶はいずれ、『紅茶』と呼ばれるようになるかもしれませんね」

椿答応と乙字は、自然に会話をしていた。

口を滑らかにする茶はないが、共通の話題があれば人は語りあう。

長く茶館で働いた朱梨は、それをよく知っていた。

「茶菓子には干し杏子と、水蟹の揚げ物をご用意しました」

これもまた、ふたりの故郷でよく食べられているものだ。水蟹は一般的な食材ではなかったが、葛根が半日で入手も調理もやってくれている。

「童の頃を思いだします。私はこの蟹をかじり、私塾で学んでおりました」

乙字は庭の小川に目を向け、ぽつぽつと語り出した。

「本来ならば蟹を取って遊びたい盛りの幼子でしたが、ちょうど同じ年頃の学友がいたのです。友は勉学に熱心ではありませんでしたが、いつも私を天才だとほめてくれました。本音を言うと、私は友にほめられたくて努力したのです」

恥ずかしそうに笑う乙字を見て、椿答応が目を細めている。

「その友の言葉に乗せられて、私は勉学を続けました。けれどいつまでたっても試験には受からず、とうとう家を追いだされて宦官になる道を選びます」

親に出世の道を託された男子は、みなそういう選択をするらしい。

「ですが後宮で働くようになり、私は周囲と自分の差に衝撃を受けました。友の言葉を真に受けて学んできましたが、自分は凡夫だったと気づいたのです」

「めんどくさい人ね！」

その声は、柳の陰でこちらを見守る玉蘭の叫びだった。

乙字がおろおろと辺りを見回したところで、椿答応が咳払いをする。

「い、いまのは、私が言いました。私は怒っていますよ、乙字。私を引き上げてくださった皇帝陛下と同じく、皇后陛下も優秀な人物を厚遇すると聞いています。乙字は十分に傑物のはずです」

うまくごまかしながら、椿答応は乙字を励ました。

「ですが私は、椿答応ほど裕福な生まれではないのです。よい私塾には通えませんでした。幼い頃から恵まれていた方とは違うのです」

玉蘭がまたなにか言いそうだと、朱梨は柳の木を振り返る。

すると老師が玉蘭の口を手で塞ぎ、暴れないように押さえていた。

「乙字。生まれが違うと、なにが困るのですか」

椿答応が烏茶を飲み干し、玉蘭のごとくにからんでいく。

「それは……基礎が違うのです。学んでも学んでも追いつけません」

「追いつく必要があるのですか」

「もちろんです。追いつかなければ、官吏の試験など受かりません」

再び柳を振り返ると、玉蘭を押さえる役目に菊皇后も加わっていた。

いつまで押さえていられるかと、朱梨は肝を冷やしつつ様子を見守る。

「学びを競うことに意味などありません。かつて私の友は言いました。勉学は自分のためにするものと。私はその言葉を信じ、友と離れてもひとり学び続けました。その結果、答応の位を下賜されたのです」

宮女になるにも身分は必要だが、皇帝陛下も皇后陛下も能を重視する。

椿答応が言いたいことは、乙字にも伝わっているはずだ。

「その言葉……はは……」

乙字は自嘲するように笑い、涙を流していた。

「それと同じ言葉を、私はかつて言っています。自分を讃えてくれたあの友に。友がいたから、自分はここまでこられたというのに……」

「ではその友に代わり、私があなたを讃えましょう。乙字。あなたは立派です。いま蛍宮に勤めているのがその証。周囲には優秀な人物も多いでしょう。されど焦らずに自分のために学び続ければ、いずれは結果もついてきます」

感極まったのか、椿答応の目にも涙が浮かんでいた。

「……ありがとうございます、椿答応。私はこれから心を入れ替え学びます。あなたに会えて本当によかった。あなたは私の恩人です」

自信を失っていた乙字は前を向いたようだが、朱梨はふと疑問を覚える。

椿答応は乙字が説得に応じないと言っていたが、今回は存外に素直な印象だ。

「私も最後にあなたに会えて、本当によかった」

これで椿答応の未練は解消されたはずだが、いまだ光に包まれる気配はない。

「ちょっと、どういうこと」

堪えきれなかったのか、とうとう玉蘭がやってきた。

止めねばと振り返った拍子に、朱梨の袂から匂い袋が落ちる。

「落としましたよ、甘福普……おや」

匂い袋を拾った乙字が、はてと首を傾げた。

「袋の先から出ているのは、かんざしですか」

「はい。友からいただいた、友情の証です。大切なものなので、肌身離さず持ち歩いています。そのせいで茶の香が染みてしまいましたが……」

朱梨は言いつつ、ちらりと玉蘭を見た。

あの目つきはたぶん、「だったら頭に挿しなさいよ」とあきれている。

「私と同じですね。私もかの友に再会したら渡そうと、ずっとかんざしを持ち歩いていました。いままではお守りのようなものです」

乙字がふふと笑い、懐から鈍い銀色のかんざしを取りだした。

「あなたは、幼き日の友が女性だと気づいていたのですか」

思わず反射的に聞いてしまう。

「妙な言い回しですね、甘福普。私は最初から女性として接していましたよ。いつかは友以上の存在になれればと思っていましたが――」

乙字の言葉の途中で、椿答応が淡い光に包まれ始めた。

「椿答応です！　椿答応こそが、あなたの友です。待ってください、椿答応！」

朱梨は乙字と答応の間で、必死にふたりをつなごうとする。

「みなさま、私は幸せでした。どうかご自分を責めないでくださいまし」

椿答応が微笑みながら、白い光の中に消えていった。

答応が座っていた席に、わずかな光の残滓だけが舞う。

「乙字、だったか。ぬしにはすべて、わかっていたんじゃないか」

老師が近づいてきて、拳を握る宦官に声をかけた。

「そうみたいね。乙字は椿答応が友であることも、幽鬼であることも知っていた。たぶん、いつか消えるということもね」

玉蘭が語ると、乙字がはらはらと涙を流す。

「そしてわたくしが思った通り、椿答応も乙字に懸想していた。でも陛下の正妻たる皇后陛下の前では口に出せない。陛下は恩人であり、皇帝だからね」

それが後宮における、妃妾たちのたったひとつの決まりらしい。たとえ一度も渡りがなくとも、操は陛下に立てるものと。

「それでも残された時間を一緒にすごしたいから、ふたりとも気づかないふりをしていたのね。乙字は学問の悩みを打ち明けて落ちこむ素振りで、椿答応はにこやかに話を聞くだけで説得もせず。不器用で器用なふたりよ」

最初に椿答応と乙字が話す様子を見た菊皇后は、「楽しそうだが切なくてたまらない目」をしていたと言っている。

「じゃあ私が気づかなければ、ふたりはずっと幸せでいられたのね……」

「いいえ、菊皇后。この時がいつか終わると、私たちにはわかっていました。だから椿答応も、みなさまに自分を責めないでと言ったのです。私も同じ気持ちです」

微笑んで顔を上げた乙字に、老師が銭を渡した。

「最期は、ぬしが見送ってやれ」

乙字が椿答応の席に銭を置くと、かすかに残っていた淡い光が消える。

「さようなら、愛しき友。私はあなたのぶんまで学び続けます」

四　朱梨、最後の訪客に突き落とされる

「わかっているぞ、朱梨。蛍宮の幽鬼の件で、頭を撫でられたいのだな」

昨晩は伯飛と入れ違いだったため、朝になってから時間を作ってくれと頼んだ。

朱梨は遠慮しすぎていた件を謝りたかったのだが、伯飛は少々誤解する。

「そうではなく、いえ、それもあるのですが……」

また流されてしまいそうなので、せめてもの抵抗にと自室に招くことにした。

「私は、殿下に謝らなければならないことがあります」

伯飛に朝の薬茶を用意して、早々に切りだす。

椅子に腰かけた伯飛は目つきを鋭くし、「聞こう」とだけ言った。

「私は決して、殿下に興味がないわけではないのです。いままでは畏れ多いと聞かずにいましたが、これからは私にも殿下のことを教えてください」

朱梨が寝ずに考えた言葉を告げると、伯飛はきょとんとしていた。

「それは、謝罪なのか」

伯飛はくっくと声を漏らし、さびしい思いをなされたのではないかと……」

「その、もしかしたら、さびしい思いをなされたのではないかと……」

「いや、すまない。さびしい気持ちはたしかにあった。私は幼い頃に麒麟児と、もてはやされたからな。朱梨のことはさておき、いまの境遇に不満がなくはない」

伯飛は皇子として将来を嘱望され、蝶よ花よと育てられたのだろう。それが一転して暗愚と呼ばれるようになったのだから、落差に心がすり減ったはずだ。

朱梨が言った「さびしい」とは違う意味で取られたようだが、伯飛のことを知れたのでひとまずはうれしい。

「では殿下も、ほめられたいですか」

「多少はな。だが私が笑ったのは、単に拍子抜けしたからだ。そんなことをわざわざ謝罪するなんて、我が妻はどれだけかわいらしいのかと」

伯飛が立ち上がり、椅子に座った朱梨に背後から覆い被さる。

「殿下、あの、拍子抜けとは」

恥ずかしさに身をよじりつつ、朱梨はどうにか聞き返した。

すると伯飛が、耳元でささやく。

「朱梨が私に謝りたいことは、本当にそれだけか」

肩の辺りから背中、二の腕と、自分の血の気が引いていくのがわかった。

――殿下は、私の病に気づいているのかもしれない……。

人にうつらないから。

自分は仮初めの妻だから。

そう考えて本来ならば輿入れ前に打ち明けねばならないことを、朱梨はまだ伝えていなかった。

いま打ち明けても、伯飛はきっと責めないだろう。

――けれど言えば、きっとなにかが変わってしまう。

言わずにおけば、いまのまま伯飛より先に死ぬだけだ。

――でもそれでは、本当の妻として向きあえない。

朱梨が思いつめていると、激しい足音が近づいてきて戸の前で言った。

「殿下。朱梨姐さんの養父母が、こちらに向かってますぜ」

伯飛の執務室には、従者を除いて六人がいた。

そのうち座っているのは伯飛と猪氏で、卓を挟んで向かいあっている。

「いやあ、驚きました。この猪苓の娘が、殿下に輿入れしているとは」

久しぶりに見た猪氏は、以前よりも肥えたように感じた。以前は朱梨が減肥効果のある黒茶を入れていたが、いまはもう飲んでいないのだろう。

「前置きはけっこうだ。用件を聞こう」

伯飛は請けあわなかったが、猪氏も動じない。

「そう言わず、この猪苓にも話させてくださいな。いやあ朱梨、元気そうだ。やはり食べ物がうまいのだろうね。それと美しくなった。ああ、もったいない」

伯飛の背後に立っていた朱梨を、猪氏が笑みを浮かべて見つめてくる。

「本当に。さぞ裕福な暮らしをしているんでしょうね。その褙子も素敵よ。血眼の色と調和がとれているわ」

猪氏の背後で、玫瑰夫人が不敵に微笑んだ。

「朱梨姉さまったら、ひどいわ。あたしにも輿入れを教えてくれないだなんて」

目は見ないようにしていたが、義妹の声を聞いただけで朱梨の体は強張る。

「猪苓。もう一度言うが、用件はなんだ」

「あなた。殿下はきっと、公務でお忙しいのよ。私が説明しますわ」

玫瑰夫人は、伯飛が朝議に出ない暗愚だと噂で聞いているのだろう。

その発言は皮肉にも聞こえたし、歓心を買おうとしているようにも思えた。

「昔から言いますわね。身内から福普が出れば、家は三代恩恵に与ると。城に招かれ共に暮らし、男子は官吏の職を得るものと。私どもには話が一切ないどころか、娘の輿入れすら知りませんでした。ご説明を賜りたいですわ」

「ぬけぬけと申すな。本当は朱梨が死んだと思っていたのだろう。私がそこに控える麻黄に命じて、手打ちにしたと噂を流したからな」

養父母だけでなく朱梨自身も驚き、入り口にたたずむ麻黄を見た。

麻黄は朱梨だけにわかるように、こっそりと目配せしてくれる。

「ああ……なぜ、娘を心配していた私たちに、なぜそんなひどい仕打ちを」

「簡単な話だ。朱梨はそなたらの娘ではないからな」

玫瑰夫人の芝居がかった言葉を、伯飛が一蹴した。

「たしかに朱梨は養女ですが、きちんと手続きを踏んでいますわ。この子は間違いなく、猪朱梨です。ねえ、朱梨」

朱梨は怖くてしかたないが、向きあわねばと歯を食いしばって顔を上げる。

「そうか。では証拠を見せよう。麻黄」

伯飛が命じると、麻黄と葛根があれこれと持ってきた。

「この証文に見覚えはないか。猪氏が地方役人の身分を買った際のものだ」

玫瑰夫人の顔色が、一瞬で変わる。

「この身分を利用して、朱梨を傑女の選抜に送りこんだ。その時点で大罪も甚(はなは)だしいが、まだあるぞ。こっちは清香茶館に粗悪品を卸すよう、仲買(なかがい)に指示を出した注文書だ。これは期限未満での貸金督促状。律令(りつりょう)違反だな」

伯飛が次から次へと、悪事の証拠を読み上げていく。

「要するに、猪苓は茶博士の名を奪おうと、その妻と娘を陥れたわけだ。いや、猪苓ではなく夫人のほうかな」

ぎろりと音が出そうなほど、玫瑰夫人が伯飛をにらんだ。

「そんな証文、いくらでも捏造(ねつぞう)できますわ」

「もちろん捏造ではないが、捏造でも問題ない。要は力の違いだ。そなたらが金の力で朱梨の母を従わせたように、私は権力で横暴ができる」

朱梨が入宮したばかりの頃、麻黄が不在の期間があった。その間にこれだけを調べ上げ、朱梨の死亡説を流したのだろうか。

「そういうわけで、猪氏の一族はみな斬首とする」

伯飛がさらりと言って剣を抜くと、義妹が泣き崩れた。

「ああ……朱梨姉さま。あたしはこんなこと知らなかった。本当よ。血のつながった二親よりも、あたしは朱梨姉さまこそが家族だと思っていたわ」

朱梨の足下にすがる義妹は、やはり花盆底の靴を履いている。

「そうよ、朱梨姉さま。覚えているかしら。昔よく一緒に、飴を舐めて笑いあったわね。お茶を固めた薬みたいな飴よ」

父が試行錯誤の末に考案した茶の飴を、まずいと吐きだしたときのことを言っているらしい。朱梨が言い返さないと決めこみ、義妹は伯飛に聞かせているようだ。

「なるほどな。たしかに娘まで連座させる必要はない。それでは判断は我が妻に任せよう。朱梨は義妹をどうしたい」

夫に問われ、朱梨は深呼吸してから口を開いた。

「私は殿下の庇護の下で、身に余る幸福を享受しています。殿下を笠に着て人を罰せば、毒婦と指を差されるでしょう。それでは殿下の名も傷つきます。どうか妹だけでなく、養父母もお助けください」

朱梨の言葉に、養父母たちの顔がぱっと明るくなる。

「我が妻は優しいな。しかしそればかりは無理だ」

伯飛は、あっさり切って捨てた。

「罪は裁かねば公平が保てぬ。だが朱梨に免じて、命までは取らずにおこう。猪氏と夫人は宮刑に処し、罪を償う機会を与える。存分に陛下に尽くせ」

幻で男の宮刑は、性と決別して宦官になることを意味する。

女であれば宮殿に幽閉され、生涯を手仕事で終える罰だ。

「それから朱梨の義妹は、二親の罪を知っていたな。正直に言えば見逃したが、心を清める必要がある。寺院へ行って、新しい名をもらえ」

伯飛は義妹の玉蘭に、尼僧になれと命じている。

「さて、これで終（しま）いだ。さっきは私の横暴だと言ったが、本来の手続きを踏めば猪氏らは間違いなく斬首だ。朱梨の慈悲に感謝せよ」

朱梨が裁きを望まなかったように、伯飛も避けたいのだと感じた。

それでも伯飛は朱梨の母のために、責任を果たしてくれたのだと思う。

「誰が感謝など！　皇子をたらしこんだ手口、あの女と一緒だわ！」

玫瑰夫人がわめくと、伯飛が「連れていけ」と手を動かした。

いつの間にか辰砂殿の入り口に、門兵たちが控えている。

「寺院から出たら、必ずあんたの夫に復讐してやるわ！　だってあんたは、あたしが殺す前に死んでいるでしょうしね！」

連行されていく義妹の捨て台詞を聞き、朱梨の呼吸が乱れ始めた。

「どうした、朱梨。大丈夫か」

血を吐きそうなほどに咳きこんでいると、伯飛が背中から支えてくれる。

「もしかして、自分の夫にも言ってなかったの。最低の女ね」

門兵に引きずられながら、義妹が甲高い声で叫んだ。

「ならあたしが教えてあげる。朱梨は肺の病で、あとわずかの命よ！」


具合が悪いと言い置いて、朱梨はずっと横になっていた。

――こんな形で知られる前に、自分から言うべきだった。

もう考える意味もない後悔が、ずっと頭の中に反響している。

「案配はどうだ、朱梨」

夜半になって、伯飛が粥を持ってやってきた。

朱梨は申し訳なさでなにも言えず、はらはらと涙を流す。

「今朝のことを覚えているか。私は朱梨に意地の悪いことを言っただろう。『謝りたいことはそれだけか』と」

伯飛の指が、朱梨の涙にそっと触れた。

「謝らなければならないのは、実は私のほうなのだ。私は最初から知っていた。朱梨の病も、それが薬石無効であることも」

驚きとともに、朱梨は伏せていた目で伯飛を見上げる。

「やっと目があったな」

伯飛がにやりと笑った。

「こう見えても私は巫士だからな。間近で顔を見れば、命の残り火はわかる。だから朱梨を妻に迎えてすぐ、麻黄に諸々調べさせた。言葉は荒いが優秀なやつだ」

うなずきつつ、朱梨は小さく口を開いた。

「殿下が私に触れるのは、幽鬼になっていないか確認するためですか」

「未練がなければ幽鬼にはならない。しかしそうだとしたら、朱梨は怒るか」

朱梨は寝そべったまま、小さく首を横に振る。

「私も朱梨が、病を隠したことを怒ってはいない。私が『謝りたいことはそれだけか』と聞いたのには理由がある。これからその話をしよう」

朱梨がうなずくと、伯飛が目にかかった髪を払ってくれた。

「老師から、巫士の呪いについては聞いただろう。巫士は不死ゆえに、死よりも苦しい生の孤独と向きあわねばならないと」

友が一瞬で老いて死に、人生のほとんどを童としてすごす。自分だけが世の理から外れていく恐怖は、きっと本人しかわからないだろう。

「巫士は幽鬼に近い存在だ。死ぬと肉体のみが転生する。こういった転生の場合、誰の下に生まれるかはわからない。魂、すなわち記憶は以前のままだ」

つまり記憶以外が別人になる、ということだろう。

「しかし巫士でありながらも、肉体の死とともに魂が天に召される方法はある」

朱梨の理解を問うように、伯飛が言葉を止めた。

「生の苦しみから解放される術がある、という意味でしょうか」

「そうだ。巫士が子を為せば、その力も呪いも子へと受け渡される。私は伯飛という巫士の初代だ。つまり私は、皇帝陛下から呪いを押しつけられたのだ」

であれば皇帝陛下は、伯飛が生まれる前からいまの境遇になるとわかっていたことになる。後宮内での伯飛の優遇は、父親としての贖罪だったのだろうか。

「幼い頃の私は、麒麟児ともてはやされた。しかし立太子されない未来もすでに母から聞かされていた。皇子の中では私だけが、生まれてから一度も皇帝たる父に謁見していない。真に私を理解してくれるのは、先代の老師だけだった」

「殿下は……陛下を恨んでおられるのですか」

「いや。父は父で、巫士ながらに帝位を継がねばならぬ事情があったのだろう。だが私もそうしようとは思わない。転生による生の苦しみも、幽鬼と戦い続ける死の恐怖も、私は二代目の自分に継ぐ。だから……妻を娶るつもりもなかった」

そこで伯飛は、ゆっくりと間を取った。

「私が朱梨を妻として迎えたのは、自分と同じだったからだ。長く生きられない身であれば、残される悲しみも少ない。子も欲しいとは言わぬだろう。最初に朱梨を見たときに、そう考えたことは事実だ。すまない」

たしかに伯飛は自分と同じだと思う。最後に謝ってしまうところまで。

「朱梨は緋目だった。これほど自分に相応しい相手もない。共に暮らすところを想像した。巫士である前に私も人だ。一緒に食事をして、妻に茶を入れてもらう。そんな普通の生活が欲しくなり、朱梨の弱みにつけこんだのだ。許してくれ」

「そんな……顔を上げてください。そんな風に謝らないでください」

朱梨は身を起こし、伯飛の腕に自分の手を添えた。

「いまの言葉で、逆に私は『ひと目ぼれ』が真実なのだと自信が持てました。以前に殿下がおっしゃっていたように、きっかけはなんでもよいはずです」

そのきっかけさえないことが、ずっと朱梨をうつむかせていた。悪い意味でも自分と同じと感じてくれたなら、それを信じることができる。

「まだある。朱梨が聞いてこないのをいいことに、私はなにも説明しなかった。今朝はそれを咎められた気がして、つい意地悪く返した。詫びの言葉もない」

いま朱梨は、拗ねた童のような目をした伯飛を愛おしく思う。

だから残り少ない限られた時間を、どうすごすべきかがわかった。

「玉蘭が言っていました。椿答応と乙字は、不器用で器用なふたりだと」

今日の出来事を、手短に報告した。

「なるほど。ご苦労だった。そのふたりは、私たちと少し似ているな」

伯飛が笑って、朱梨の手を握る。

朱梨もその手を握り返し、茶を入れるように思いを口にした。

「血眼を呪いと感じていた私は、自分で自分を愛さなければならない人生でした。ですが自分を愛するなんて、私にはとても無理です」

「私もだ。だから自分以外のすべてを愛した」

その中に朱梨もいたから、いまがあるのだと思う。

「ですが殿下と一緒にいるようになり、私は自分を少し好きになりました」

人として向きあうようになった結果、人の気持ちへの理解が増した。

伯飛の妻へ対する愛情は、当初は博愛の延長だったと思う。けれどこうして心の内を聞かされたいま、伯飛の心も変化したのだと信じられた。

同じく朱梨の感情も、時間をかけて成長している。それは初めて伯飛に会ったときからあったもので、育ちきるまで名前がつけられないものだ。

「いままでで、一番うれしい言葉だ。朱梨、もう一度言ってくれるか」

伯飛の手が頬に触れた。

朱梨は涙を流し、初めて伯飛に応える。

「私は殿下を、お慕い申しております」

第五章　国母になる女

一　伯飛、妃の幽鬼を捜す

伯飛が目を覚ますと、隣に朱梨の寝顔があった。

白い頬にそっと触れてみると、幽鬼にはないほのかな温かさが指先に伝わる。

――生きている。大丈夫だ。

安堵して黒髪を撫でると、朱梨の目がゆっくりと開いた。

「殿下っ」

朱梨が入宮してから、およそ一番の大声だ。儚げで消えてしまいそうな朱梨も人の娘とわかり、くすぐられたように頬がゆるんでしまう。

「そんなに驚くな、朱梨。これからは、毎朝こうだぞ」

「殿下はいつも、私をお笑いになります」

「怒ったか」

「いいえ」

少しだけ不服そうな顔が愛おしく、抱きしめて頭を撫で回した。

「殿下、おやめ、ください」

頬を上気させた朱梨は、潤んだ瞳で息を弾ませている。

「昨晩の報告の際、撫でてやれなかったからな。そのぶんだと思え」

「そうではなくて……その、もっと、してほしくなってしまいます――」

みなまで言わせまいと、しばし昨夜のように睦みあった。

「朝から、こんな……」

息を整えながら、朱梨が緋色の瞳で不服を訴える。

「朱梨は嫌か。私は幸せを感じているが」

「幸せが、すぎます」

伯飛はうれしくなって再び朱梨を慈しむも、顔を背けられた。

「だめです、殿下。もう朝の支度の時間ですから」

朱梨の視線の先には窓があり、偏殿から飯炊きの煙が上っているのが見える。

「大丈夫だ。私の従者たちは優秀で、その手の気配は察知してくれる」

「余計に困ります！」

真っ赤になった朱梨の愛おしさに免じ、伯飛はいったん引くことにした。

「ならばしかたない。では代わりに、これを受け取ってくれ」

自分の腰に手を伸ばし、結びつけていた玉佩を渡す。

玉佩は花を象った金属製の飾りだ。

本来は紐を結ぶ穴のほとんどを、伯飛は魔除けの翡翠で埋めている。幻では寵愛や交友の証として、玉佩を相手に贈ることがあった。

「こんな大切な物、受け取れません」

予想通り、朱梨は受け取りを拒む。

「私は玉蘭に嫉妬しているのだ。肌身離さずかんざしを持っているなら、玉佩だって持ってくれてもよいだろう」

拗ねた調子で言ってみせると、朱梨は渋々の様子で受け取ってくれた。

「私は与えられるばかりで、殿下になにも返せておりません……」

「そんなことはない。朱梨は我が腕の中にいる」

交わらずとも、こうして見つめあっているだけで気が満たされる。

「やはり殿下は、酔狂な方だと思います」

「なんとでも言え。私は朱梨が好きなのだ。その緋目も、この痩せた体も、自信のなさも、いざとなったら命を擲つ覚悟も」

たやすく折れてしまいそうな体を、あえて強く抱きしめた。こちらの言葉が届かないなら、行動で熱を送るしかない。

「朱梨、痛いか」

「大丈夫、です。もっと強くても……」

想いが伝わったようで、朱梨のほうからしがみついてくる。

それから朝食の時間まで、伯飛は片時も朱梨を離さなかった。


日中は老師と修行に励み、夜は後宮を出て兄弟の集まりへ向かった。

「おっと。今日はみなそろい踏みか。遅れてすまない」

謁見室で挨拶をすると、主である皇太子の伯金、前回は欠席した三弟の伯銀、人にからむ癖のある四弟の伯馬と、この場でもっとも若い五弟の伯香がいた。

「伯銀、もう病はいいのか」

伯飛が声をかけても、辮髪の三弟は修行僧のようになにも言わない。

「ほっとけ、長兄。三兄は生きてる。いま気にかけるべきは死にゆく者だ」

常は不遜な態度の四弟が、やけに深刻そうな顔で言う。

「それは誰のことだ、伯馬」

「わかってるだろ、長兄。先日、俺は父上を見舞ってきた」

「珍しいな。どういう風の吹き回しだ」

その情報は麻黄から聞き、すでに把握していた。伯馬は同日に燐灰宮も訪れ、朱梨にからんで玉蘭に追い払われている。

「一度も父を見舞ったことがない、あんたに言われるとはな。まあ顔を見た限り、どうやら生きていた。ただ状況はよくない。もって数日だろうな」

それを疑う者はいないのか、みながため息をついた。

「ぼくらも代替わりの準備をしないとね。次兄は母君と一緒に、毎日お見舞いしてるんでしょ。父上から託された話とかないの」

最年少の伯香が問いかける。

「我らが為すべきことは文書に認め、筐に封じておられるそうだ。各々わかっているだろうが、その文で後継者が変わるようなことはないからな」

骨肉の争いは後継者を定めていないときに起こると、歴史が語っている。

すでに皇太子が決定している現在は、それが覆ることは絶対にない。

「へっ。次兄も安心していると足をすくわれるぜ。黙して語らずの三兄に」

四弟の伯馬がからかっても、無口な伯銀からはやはり返答がなかった。

「ちっ。しゃべらないなら、今日も臥せってりゃよかったんだ……ああ、くそ。それにしても冷える。おい、酒を持て」

伯馬は腕をさすり、控えていた伯金の従者に命じた。

「では、兄弟。ほかに変わったことがあれば申されよ」

伯金が問いかけても、しばらく声は上がらない。

やがて空白を埋めるように、五弟の伯香が口を開いた。

「そういえば、ぼくのところの侍女が妃の幽鬼を見たと言ってたっけ」

すぐさま伯馬が食ってかかる。

「女の言うことなど真に受けるな！　そもそも後宮外に妃がいるわけない。仮に見たとして、それがなんだというのだ」

「だいぶ前の話で、いま思いだしたんだよ。その妃の幽鬼とやらは、三兄の寝所がある方面で消えたんだって。変なこととかないの、三兄」

問われた伯銀は、やはり黙して語らない。

伯飛が伯金に目をやると、無言のまま小さくうなずいた。

この件は任せます、といったところだろう。

「おい、三兄。さっきから黙りこくりやがって。あんた腹に一物抱えていて、ぼろを出さないようにしているんじゃないか」

たしかに無口もここまでくると異様だ。勘繰る伯馬の気持ちもわかる。

――伯銀には、なにか口が利けない理由でもあるのか。

伯飛はそれとなく観察したが、見目からはなにもわからない。

「その辺にしておけ、伯馬。父上の望みは、幻の存続だ」

一度注目を集めてから、伯金が続ける。

「私は皇位を預かるが、それで兄弟を蔑ろにするつもりはない。外海の列強も注目しているいま、一族で結束することが我らの武器となる。ゆめゆめ忘れるな」

集まりは散会し、伯飛は行灯を手に青金宮を出る。

少し伯銀と話すかと待ったが、別の出口をいったか会えずじまいだった。

二　朱梨、散歩にて夫の兄弟子に会う

養父母の下にいた頃の朱梨は、ほかの使用人たちと雑魚寝していた。

だから起床して目の前に人の顔がある、という経験は少なくない。互い違いで足を眺めるように眠っていても、若い使用人は眠りながら暴れる。

とはいえ起きて目の前に伯飛の顔がある状況には、なかなか慣れない。

今朝も目を開けた瞬間に、びくりと体を震わせてしまった。

けれど伯飛は起きなかったので、しばしその面相をじっと眺める。

長いまつげ。通った鼻筋。最近は血色のいい唇。

頬や耳も、まるで磨かれたように輝いていて美しい。

しかし一番驚くのは、華奢に見えて骨太な腕だ。

細くやわらかい自分の腕とは違い、伯飛の腕には鹿のような力強さがある。

じっと見つめていると、手を触れたい誘惑に駆られた。

しかし妻であるからといって、身勝手に体に触れる権利はあるのだろうか。ないということはないと思うが、自分の知らない作法があるような気もする。

迷った挙げ句、朱梨は伯飛が目覚めるまで身じろぎもせずに顔を眺め続けた。

「朱梨、起きていたのか」

薄く目を開けた伯飛が、すぐに笑いかけてくる。

「いま起きました」

「嘘だな。私を起こさずにいてくれたのだろう」

覆い被さるように抱きしめられ、顔に伯飛の胸が押しつけられた。

人の匂い、夜着に焚きしめられた香に混じり、鼻にほんのり茶の香を嗅ぐ。

「朱梨、なにを笑っている」

「いえ、少しうれしかっただけです」

「ならもっと与えよう。遠慮は無用だ」

伯飛の腕が、朱梨を力強く抱きしめる。

「そういう意味では……」

言いかけたものの、甘い痛みの心地よさに身を委ねてしまった。

こんな風に力を出せるなら、伯飛の体はしっかり回復しているのだろう。

「なんだ、朱梨。なぜ私を撫でる」

先の言葉を思いだして夫の頭を撫でていると、伯飛が怪訝そうに聞いてくる。

「殿下は立派だと思います。呪われている身の不満をこぼさず、みなのために幽鬼を退け、大怪我をしても隠して治す。誰にでもできることではありません」

「……どうしたのだ、急に」

伯飛が少し不安そうに眉を下げた。

「殿下をほめています。私はもう、十分にほめてもらったので」

「……そうか。それならいい」

珍しく照れているのか、伯飛はぶっきらぼうに言う。

伯飛が朱梨の変化を気にするのは、おそらく病の進行を心配しているのだろう。

それを悟られまいとしてか、伯飛は朱梨の胸に甘えてきた。

「本当のことを言うと、私は薬茶は嫌いだ。苦いからな」

「ですが殿下は、いつも飲み干してくれます。ご立派な巫士さまです」

「巫士など関係ない。朱梨との生活が甘いから、あの苦みに耐えられるのだ」

かつて玉蘭は、幽鬼に睦言(むつごと)をつむぐ伯飛を「知性のかけらもない」と評した。

いざ自分がそれを言われてみると、ただただ相手を慈しむ気持ちが増すと知る。

「私も殿下といると、毎日の一瞬に希望の光を見つけられます」

最近は茶を入れずとも、心を素直に言葉にできる。

玉蘭は眉をひそめるだろうが、愛情は伝えるのも伝えられるのも心地よい。

「そろそろ起きないとな。今日はふたりで調査だ」

昨晩のうちに、伯飛から相談を受けていた。

後宮の外、いわゆる前宮で幽鬼の姿を目撃した者がいるらしい。妃妾の玉蘭は後宮から出られないため、ひとまず伯飛と朱梨で調査をすることになっている。

「玉蘭に申し訳ない気がします。私ばかりが自由で」

「不公平だと怒りはしないが、残されて退屈だと文句は言うだろうな。老師に茶菓子でも持たせて訪問させよう。いがみあうのも退屈しのぎだ」

伯飛も人が悪い、とは思わなかった。玉蘭と老師はよく争っているが、本当に仲が悪ければ何度も席を同じくしない。

「それでは、支度をいたします」

朱梨は手早く化粧をして、匂い袋に玉佩とかんざしをしまった。


第五皇子、伯香の住まいは黄鉄宮（おうてつきゅう）という。

辰砂殿のような僻地の古い建物ではなく、門も立派で周囲にも大きな宮殿がひしめいていた。ほかの皇子の寝所もすぐそばらしい。

「ごめんね。長兄の福普なのに、ぜんぜん挨拶にいかなくて」

伯香は少し幼い皇子だった。老師ほどではないが童のようで、それでいながら先日に会った四弟伯馬よりも気品を感じる。

朱梨は頭を低くして礼を返し、夫の陰にそっと隠れた。

皇后陛下を始め謁見には慣れてきたが、幼くとも男子はやはり緊張する。

「にしても、長兄が幽鬼に興味を持つなんてね」

「なに、ほんの退屈しのぎさ。だから妻も連れてきたのだ」

伯飛が巫士であることは、ごく近しい人間しか知らされていない。弟たちで知っているのは皇太子の伯金だけと、伯飛から聞いていた。

「じゃあぼくも、供をしようかな。いま侍女を呼ぶよ」

伯香が従者に命じると、おとなしそうな若い宮女が現れる。

「蠟梅(ろうばい)。幽鬼を見たという場所へ案内してくれ」

「かしこまりました。こちらです」

蠟梅と呼ばれた宮女は黄鉄宮の門を出て、少し緊張した様子で歩きだした。

「妃の幽鬼を見たというのは、伯銀の寝所方面という話だったな。伯香、伯銀は今日の朝議に出席していたか」

伯飛の問いかけに、五弟の伯香は首を横に振る。

「いなかったよ。先日の集まり以来、また臥せっているみたい。朝議で三兄を見かけたのは、もうどれくらい前か思いだせないよ」

「伯銀は生真面目なやつだ。その行動には、違和感を覚えるな」

伯飛が言ったところで、蠟梅が遠い宮殿の外塀を指さした。

「あの辺りの塀伝いに、幽鬼はゆっくり歩いておりました」

「蠟梅。それっていつ頃の話だっけ」

主人の伯香が確認する。

「二十日ほど前でしょうか。翌朝が寒くなりそうな天気だったので、夜更けに蔵まで炭を取りに出ました。その際に目撃したのです」

「たしかに伯銀が住まう杉宮の方面だな。では聞こう、蠟梅。なぜその者が、幽鬼だとわかったのだ」

伯飛が強い口調で問うと、蠟梅は少し動揺する。

「その……もしかすると、幽鬼ではなかったのかもしれません。ただ、上等な襦裙を身につけていらっしゃったのに、あまりに髪が乱れていたものですから」

妃妾たちは基本的に、後宮の外に出られない。夜更けに前宮で高貴な女の乱れた姿を見たならば、すわ幽鬼と恐れてもおかしくはなかった。

「乱れ髪の貴婦人か。声はかけてみたのか」

「いいえ。私はまだ入宮して百日足らずで、お妃さまの顔を覚えておりません。それ以前に怖くなってしまい、飛んで帰ったものですから……」

若い宮女であれば、それも当然の反応だろう。

「わかった。しかしそれだけの情報では、幽鬼と断言できないな。皇子か官吏の妻というところではないか」

伯飛が疑うと、伯香が持論を語る。

「妃妾と見紛う服なんて、前宮では着る人が限られるよね。それこそ三兄の福普とかじゃないの。まあ亡くなってるけど」

伯飛はなにか感じ取ったのか、朱梨に視線を向けてきた。

蠟梅の話を聞いて、朱梨は特に思うところはない。むしろ「妃の幽鬼」という言葉で女の足を持つ夫を思いだし、心がざわついただけだ。

「よい退屈しのぎになった。礼を言おう、伯香。蠟梅にも感謝する」

「ならよかった。また会おうね、長兄。甘福普も」

伯香と蠟梅が去り、伯飛が「さて」と朱梨を見る。

「この件、朱梨はなにか思うところがあるか」

「いいえ。ただ先日に話した伯馬殿下も、幽鬼を見ていらっしゃるようだったと思いだしました。目撃場所や、どんな幽鬼かまではわかりませんが……」

「四弟か。伯馬の住まう虎目宮も、伯銀の杉宮からそう遠くない。この辺りに幽鬼がいる可能性が高そうだ。散歩がてらに見て回るか」

伯飛とふたり、ゆっくりと城内を歩く。

後宮ではさほど言われなくなったが、前宮で朱梨の血眼はやはり目立った。伯飛も日中に出歩くことは少なく、ふたり並ぶとどうしても注目される。

「気になるか、朱梨」

「はい。殿下を中傷する言葉を聞き、腸が煮えています」

「私も朱梨を誹られ業腹だ。自分のことならなんともないのにな」

自分を愛せない自分たちらしいと、ふたりで含み笑った。

「いまのところ、幽鬼らしい姿は見当たらないな。あまりこういう考え方をすべきではないが、幽鬼は死者がなるものだ。伯銀の福普は亡くなっている」

伯飛が言って、伯銀の住まう杉宮を目指して進む。

やがてそれらしき建物が見えてきた。門前に笠をかぶった巨漢が立っている。

「久しぶりだな、小青竜。息災か」

伯飛が気さくな様子で、巨漢の門兵に声をかけた。

「おお、伯飛……殿下。お久しぶりでございます」

小青竜と呼ばれた門兵は、気安い反応から慌てて傅く。

「昔のように、伯飛でいい。朱梨。この小青竜は、私の兄弟子だ。いまは亡き師の下で、共に武術を学んだ。小青竜、妻の甘朱梨だ」

伯飛に紹介され、朱梨も丁寧に頭を下げた。

「なんと、いつの間に。しかもたいそう美しい瞳……あ、いや、ご無礼を」

「そんな、滅相もございません」

頭を下げて謝る小青竜に、朱梨も辞儀を返す。

「福普でありながら、なんとも腰が低い。伯飛はよい妻をもらったな」

「ああ。しかも美しいだけでなく、茶を入れるのもうまい。自慢の妻だ」

伯飛がおおっぴらに惚気るので、朱梨はなんとも居心地が悪い。

「相変わらずだな、伯飛。ところで、今日の用向きはなんだ」

「この辺りで、幽鬼を見たという噂を聞いてな。小青竜はなにか知らないか」

「……いや。なにも」

さっきまでの饒舌とは打って変わり、小青竜は露骨に口数を減らす。

「そうか。ところで三弟が病だと聞いた。見舞っていきたい」

「だめだ。殿下の体に障る」

「では中に入れてくれるだけでいい。朱梨にも伯銀自慢の庭を見せたい」

「だめだ」

「友に免じろ、小青竜。できぬなら、私を入れたくない理由を言え」

「それは……ともかく、だめなものはだめだ！」

小青竜の大声が響き、体がびりりと震えた。

「わかった。おまえがそこまで言うならしかたない。また日をあらためよう」

「日をあらためても、だめだ！　幽鬼などいない！」

猛る小青竜に苦笑して、伯飛は踵を返す。

朱梨は小青竜に頭を下げ、小走りに夫を追いかけた。

「何を隠しているかわからないが、命じたのは伯銀だろうな。小青竜は昔から嘘がつけない。それでいて忠に厚いのだ」

しばし歩いてから、伯飛が耳打ちする。小青竜とは挨拶を交わしただけだが、朱梨も伯飛の指摘が正しいと感じた。面相に人柄がにじみ出ている。

「皇子殿下、甘福普、お待ちを……！」

声に振り返ると、年若い宦官が走ってきた。

「あの、畏れ、ながら、その」

うつむき肩で息をしながら、若い宦官はしどろもどろになっている。

「顔を上げよ。友に話すようにしてくれてかまわない」

伯飛が落ち着かせると、若い宦官は小刻みにうなずいた。

「わ、私は見たのです。女の幽鬼が、水閣に消えていくのを」

三　玉蘭、峨蕊茶を入れてほくそ笑む

「退屈ね……」

茶席で燐灰宮の中庭を眺めながら、玉蘭はぽつりとつぶやく。

いつもなら朱梨と茶会を催すか、幽鬼の調査をする時間だった。しかし今日の朱梨は殿下と第五皇子を訪問するらしく、玉蘭は留守番の憂き目に遭っている。

「殿下は元から溺愛していたけど、最近は朱梨もそうなっちゃってるのよね。仲睦まじいのはいいけれど、なんか癪だわ」

ほかの妃妾たちと違い、玉蘭は朱梨に嫉妬しているわけではない。

伯飛は見目も麗しく、たたずまいは雄々しく、人品も名君がごときだ。

しかし寵愛を賜りたいとは思わない。巫士の宿命がなくとも、友の夫でなかったとしても、自分でも不思議なくらい、伯飛にまったく惹かれなかった。

向こうは玉蘭のことを「母親のよう」と言っているが、こちらはこちらで弟か甥のように見なしている。

「歳は向こうが上なのにね。あれなら見目は童だけど、老師のほうがまだ――」

言いかけた自分の口を、玉蘭は慌てて塞いだ。

「なにを言っているの、わたくしは」

首を振りつつ、玉蘭は考える。

自分と伯飛の年齢差は、老師と自分のそれと変わらない。それに老師の中身は千歳に近いから、決して異常な判断ではない。

「いやまあ、そういうんじゃなくて、憐れなのよね。あの老師」

巫士の呪いは生の苦しみ。不死がゆえの孤独と向きあう。老師はそんなことばかりうそぶいているけれど、本当に辛いのは大人になれないことだろう。

青年期を繰り返し生きたところで、人は本当の意味で大人になれない。

精神の器である肉体の成長とともに、人の心は成熟する。ゆえに老師は千年を生きているだけで、これっぽっちも大人ではない。

「そんな童に手を差し伸べたいと思うのは、国母を目指す女として当然よ」

「ひとりで、なにをぶつぶつ言っておるのだ。気色の悪い娘め」

ふいに老師が現れたので、玉蘭は椅子から飛び上がった。

「なっ、なんでここにいるのよ！」

「伯飛の使いだ。おまえに茶菓子を届けよとな。ほれ」

どんと、卓の上に包みが放られる。

「乱暴ね。そんなんじゃ、立派な大人になれないわよ」

「童扱いするな！　我は千歳ぞ。もういい。使いは果たした。さらばだ」

老師がふんと鼻を鳴らし、大股で去っていく。

「あら、中身は月餅ね。しかもこんなにたくさん」

玉蘭が包みを開くと、そこに山盛りの月餅が積まれていた。

「なんだと！」

老師が即座に戻ってくる。

「なによ。老師は月餅が好きなの」

「うむ。大好物だ。文句あるか」

「だったら食べていきなさい。侍女を呼んでも、こんなに食べきれないわ」

「いいのか。うまい茶を入れる朱梨もいないのだぞ」

「そのくらい、わたくしが入れてあげるわよ」

玉蘭は手早く湯を沸かし、茶を入れる支度をする。

蓋椀に茶葉を投じて湯を注ぎ、適当に蒸らして老師に差しだした。

「峨蕊。緑茶よ」

「手際にそつがない……茶も意外やうまい。なんか甘い」

まずいほうがよかったかのように、老師は微妙な顔をしている。

「お茶なんて、誰が入れたっておいしいのよ。朱梨が入れると飛び抜けておいしいってだけ。わたくしは茶葉が花びらっぽいというくらいしか、茶話も知らないわ」

「ぬしはやはり、育ちがいいのだな」

「なによいまさら。わたくしに気なんて遣わないで、月餅をお食べなさい」

玉蘭が勧めると、老師は左右の手に月餅を持って交互に食べ始める。

「そんな食べかたをするの、たとえ話の中だけと思ってたわ」

「我も初めてやった。ぬしが怒るかと思ってな。今日のぬしは、常とは違って母のごとくに優しい。調子が狂うのでやめてくれ」

大人になれずに生を繰り返すと、こういう素直でない童になるのだろう。

「誰も彼も、わたくしを母だの姉だの言うのよね」

国母の器の証明、というより、男は女に母性を求めるのかもしれない。

「そうそう、老師。あなたって、共寝の経験はないのでしょう」

老師はむせて咳きこみ、茶を飲み下してようやく息をついた。

「ひ、昼間からなんだ莫迦者。これだから後宮の娘は」

「そういう意味じゃないわ。童歌にあるでしょう。『戦士は色を好まじと、また繰り返し世を生くる』って。あれってつまり、純粋無垢でなければ転生できないってことよね。じゃあ世継ぎができたらどうなるの」

玉蘭が問うと、老師の目つきがふいに大人になった。

「ぬしは賢いな。たしかに国母の器かもしれぬ」

「知ってる。で、どうなの」

「好いた女も、好かれた女も大勢いた。血気が逸り、契ったこともある。たまたま子はできなかったが、それがわかるまでは苦しんだ。人に不幸を背負わせるのは、自分が不幸になるより辛いと知った」

老師の口調は、いつもよりも暗く重い。

「つまり巫士の呪いは、自分の子に渡せるのね。じゃあ殿下は陛下から……」

「勘がいいのはけっこうだが、もうやめておけ。ぬしの身にも累が及ぶ」

玉蘭は自分の胸に手を当てた。

最初はわずかだったうずきが、じんじんと頭と腹に広がっている。

朱梨のときにも似たような感覚があった。自分はこの娘を救えると、無理やりその手を握ってみせた。

いま玉蘭は、この英雄を呪いから解放したいと感じている。

だが過去の自分に操を立てている老師は、今後も誰とも契らないだろう。

――どうすれば、老師がそうせざるを得ない状況になるかしら。

今後は退屈したらそれを考えようと、玉蘭は茶を飲みほくそ笑んだ。

四　伯飛、変わり果てた弟を見つける

夜道を朱梨と並んで歩き、伯飛は考えていた。

——高貴な妃のような幽鬼、か。

杉宮の庭には池があり、それを眺めるように楼閣が建てられている。

その水閣へ上る階段に、髪を振り乱した女が消えたと年若い宦官は言った。

伯香の侍女、蠟梅が見たという妃の幽鬼と似ていて、伯銀の宦官がそれを見たのも二十日ほど前のことらしい。

ならばこの目で確認せねばと、夜になってから朱梨と杉宮へ向かっている。

「殿下。前から神輿が」

まだ後宮を出ていない。相手は高位の妃妾だろう。

「嫌な予感がするな。朱梨、こっちだ」

朱梨と手近な門に身を隠すと、予想通り百貴妃の金色神輿だった。

「あのお方が、百貴妃……やはり、おきれいですね」

通りすぎる神輿の上の百貴妃を見て、朱梨が見とれている。

「行こう、朱梨」

その手を握り、反対の門を目指して歩いた。

「すみません、殿下。百貴妃は皇后陛下の宿敵と聞いていたのに」

「気にしなくていい。貴妃が妖艶なのは事実だからな」

おかげで父たる皇帝も、すっかり骨抜きにされているらしい。百貴妃の息子である伯金は第二皇子だが、きっと第五皇子であっても皇太子に冊立されただろう。

――心が乱れたな。いまは目の前のことに集中しよう。

後宮の門を出て、伯飛は頭を切り替えた。

幽鬼という存在は、基本的に死んだ場所や未練の残る空間に出現する。妃妾の幽鬼が出るならば、よほどのことがない限りは後宮の内だ。

ゆえに高貴な幽鬼の正体として考えられるのは、伯銀の亡き妻か、妃妾から衣服を賜った高位の女官、つまりは人間かもしれない。

「殿下。杉宮の門兵には、どう対応するのですか」

やや後方を歩く朱梨が、伯飛の袖を引いた。

杉宮が近づいてきて、門前に松明の明かりと兵の姿が見えている。小青竜はすでに交替したようだが、いまの門兵も「人を入れず」の命は守るだろう。

「造作もない。これを持っていてくれ」

行灯を朱梨に手渡して、身を低くしながら闇の中を走る。

おやと気づいた門兵がこちらに向いた瞬間、水月に拳をねじこんだ。

「殿下」

朱梨が心配そうに駆け寄ってきた。

「大丈夫だ。水月という、胃の下部にある急所を叩いた。しばらくは立ち上がれないだろう。小青竜が相手だと、こうはいかない。そのために夜まで待ったのだ」

得意になって説明したが、朱梨からの反応はない。

「……まあ、気を失っている時間は長くない。急ごう」

朱梨から行灯を受け取り、火を消して地面に置いた。宮殿の敷地内で下手に目立てば、小青竜を呼ばれる。巨軀の兄弟子に徒手空拳で勝つ自信はない。

「私には殿下がわかりません。誰より聡明で博識でいらっしゃるのに、どうして最後は力業なのですか」

敬意に少しの軽蔑が交じった目で、朱梨がこちらを見上げてくる。

「体を鍛えた結果、脳にも筋肉がついたのかもしれんな」

冗談のつもりだったが、朱梨は得心したようにうなずいていた。心外だなと、胸の内で苦笑する。

「庭が広大ですね。亭があちこちに見えます」

辰砂殿に比べればどこも広いが、杉宮はことさらに庭の面積が大きい。

名前に反して杉の木は少なく、楡（にれ）や白樺（しらかば）の庭木が多かった。比例して下草も多く、踏み石が隠れてしまっている。

「朱梨、足下に気をつけよ」

「はい……」

朱梨の声音が弱々しい。月明かりだけでは薄暗く、広大な杉宮の庭はかつての廃宮と大差ない雰囲気だ。心細くもなるだろう。

「こうしたほうが、歩きやすいな」

朱梨の華奢な手を握り、歩きながら前方に目を凝らす。

日中であれば壮観な庭の景色も、夜にはおどろおどろしい森だった。

「伯銀は人間よりも自然を好む。杉宮は宮殿こそ小ぶりだが、そのぶん塀に囲まれた庭が広い。あいつは昔から、ひとりになりたがっていた」

人の声から離れていたいのか、自らも口を開くのを慎んでいた。伯銀は皇族というより、仙人に近いと伯飛は感じている。

「殿下と似ていらっしゃるのですね」

「そう思うか」

「殿下は人を嫌ってはいらっしゃいませんが、巻きこみたくないとお思いです」

「そうかもな。なのに朱梨を伴うのが、私の弱さだ」

老師を見ていると、ときどきさびしそうに見える。自分は覚悟を決めたとうそぶいているが、生の孤独を飼い慣らしたわけでもないのだろう。

かつては伯飛も老師と同じく、妻を迎えることには抵抗があった。

しかし共に短命であれば、生きる辛さを互いに和らげ、一方だけが残される悲しみを味わうこともない。伯飛は自分の弱さを自覚している。

「殿下の御心（みこころ）を支えられるなら、短い命にも意味があったと思えます」

かつて朱梨に対して「ひと目惚れ」と伝えたのは、言葉の綾に近い。

この娘なら共に生きられると計算した脳が、真に愛していると自覚するようになったのはいつ頃だったか。

きっと茶にほだされ、腹を括る姿勢に惹かれ、献身から情を感じ、目があった際の反応に庇護欲をそそられ——そうした日々の暮らしで想いが育まれたのだろう。

そんな相手だからこそ、伯飛が願うことはひとつだ。

「朱梨。できる限り、共に長く生きよう」

「不思議です。私もいま、同じことを考えていました」

いまの伯飛と朱梨は、互いが互いを必要としていた。

明日にはどちらかがいないと思えば、ずっと牀の上ですごしたい。

けれど伯飛も朱梨も、それができるほど器用ではなかった。

「あそこが水閣だな」

前方に石造りの高台がある。伯銀はあれに上って池を見下ろし、ひとりで酒を飲んだり、詩を詠んだりしていたのだろうか。

「遠目に妃の幽鬼は見えないが、朱梨はどうだ」

「殿下。あの水閣の下部に、居室はございますか」

朱梨が石造りの壁面を指さした。

「いや、普通はないな。なにか感じるのか」

「私はときどき、まぶたの裏に赤い光を見ることがあるのです。ずっと病のせいだと思っていたのですが、いま幽鬼の気配を探ろうと意識を集中してみたところ、石壁の中に赤みを帯びた光を感じました。それがずっと同じ場所に……」

その感覚をうまく説明できないのか、朱梨は口ごもる。

夫の役に立とうと、逸ったゆえの錯覚か。あるいは虫が飛ぶのでも見たのかもしれない。しかし辺りに「赤」という色がないことが気にかかる。

「隠し部屋の類がないか、念のため調べてみるか」

警戒しながら水閣に近づき、月光を頼りに石壁を探る。

するとまんまと、立てかけられた板の裏に入り口が見つかった。

「中は空洞のようだ。入ってみよう。朱梨、私の後ろに」

板を少しずらしたところ、すぐに異臭を嗅いだ。

「獣か……いや」

板を完全にどけ、月の明かりを室内へ呼びこむ。

人が三人も横になればいっぱいの空間に、背の低い牀が置かれていた。

そこに人間がひとり、悄然と横たわっている。

一部の肉が腐り落ち、体の中をむきだしにした姿で。

「死後かなり経つな。召しものは男だ。顔はよく見えないが……」

遺体を調べようと前進すると、背後で朱梨が息を吞んだ。

「殿下、います」

月明かりが届かない部屋の隅に、男がたたずんでいることに気づく。

その辮髪と細い目を見て、相手を誰何するまでもなかった。

「伯銀！」

まさかと牀の遺体を見れば、たたずむ伯銀と同じ衣服を身につけている。

「なんということだ……伯銀。おまえはずっと前に、息絶えていたのか」

闇の中で、伯銀の幽鬼がうなずくのがわかった。

伯銀は病に臥していると、朝議もずっと欠席していた。兄弟の集まりにもほとんど
顔を出していない。死んでいたなら当然だ。

「教えてくれ、伯銀。誰がおまえを。おまえはどうやって死んだ」

せめて死因がわかればと思うも、伯銀は首を横に振る。

「なぜ語らない。口が利けなくなったのか」

幽鬼の口元が悲しそうに笑い、小さく一度うなずいた。

たとえば縊鬼などは、首に縄を括った姿で顕現する。

死に際の負荷は陰の気を強め、未練が薄くとも幽鬼となりやすい。

「喉を潰されたか、毒を服まされたか。まさか……」

伯飛は弟の正面に立ち、その落ちくぼんだ眼窩を見据える。

「伯銀。おまえは兄弟の誰かを疑っているのか。だから先日の晩も、死してなお我らの集まりに現れたのか」

伯銀は静かに微笑み、淡い光に包まれ始めた。

「未練が、解消したというのか……おい、待て。伯銀！」

しかし消えゆく者は引き留められず、伯銀の姿は完全に消失する。

伯飛は力なく、光の残滓に清め銭を放った。

伯銀は単に、自分を殺したのが兄弟の誰かだと警告したかったのだろうか。

それでいて相手を恨んでいないから、あっさり幽都へ旅立ったのだろうか。

「伯銀。おまえは私に、なにを伝えたかったのだ」

口に出してつぶやいていると、背後から地響きを伴う足音が迫ってきた。

「なんと、おいたわしや……よもや殿下が、ここで朽ち果てているなど……」

小青竜の大きな体が、入り口の前でくずおれる。

「教えてくれ、小青竜。おまえは伯銀に、なにを命じられていたのだ」

小青竜が涙を拭い、立ち上がって口を開いた。

「ずいぶん前に、我が枕元に殿下が立ったのだ。その物言わぬ様子で、殿下はすでに亡きものと察した。殿下の幽鬼はこれを我が手に握らせた」

立ち上がった小青竜が、懐から木片を取りだす。

『私の死を伏せよ』

ただ一筆、そう墨書きされていた。

「ずいぶん前と言ったが、正確にはいつ頃だ。二十日ほど前じゃないか」

小青竜が、目を見張ってうなずく。

「伯銀は幽鬼のまま、自分を害した人物を探していたのだろうな。しかし犯人の見当がつかず、昨晩の集まりに顔を出したに違いない」

「殿下。その集まりで、不審な様子の方はいらっしゃいましたか」

朱梨に問われ、記憶を思い返す。

「伯銀の出席には、みな驚いていた。朝議にも出ていなかったからな」

幽鬼は陰の気が強まる夜に肉体を持つ。外見で人と区別がつくことは少ない。幽鬼か人かを判別する方法は、主に体温や足の匂いだ。

そういえばあの晩は、伯馬がやけに寒がっていた気がする。

隣に幽鬼の伯銀がいたのだから当然だろう。それに気づいていない伯馬は、伯銀の死には無関係——とも断言はできない。

「伯飛。見当はつかないのか。伯銀殿下を殺した者に」

小青竜に聞かれ、伯飛は首を横に振る。

仲のいい兄弟ではないが、殺しあうほどのわだかまりはないはずだ。皇太子の伯金を殺すならともかく、三弟の伯銀を害する意味もわからない。

しかし伯銀の幽鬼は、伯飛にただ警告をしただけで消えた。

「頼む、伯飛。伯銀殿下の無念を晴らしてくれ」

「小青竜、おそらく伯銀は、仇討ちを望んではいない。これをきっかけに我ら兄弟が争う可能性を、憂いていたのだろう」

朱梨は伯飛が、伯銀と似ていると言った。

しかし伯銀はあらゆることで自分を勘定に入れず、ただ静かにたたずんでいる。

自己犠牲精神はあっても、道連れを欲した伯飛とは視座が違っていた。

「私は伯金に報告をしなければならない。小青竜、伯銀を任せていいか」

巨漢の兄弟子は、力なくうなずいた。

忠に厚い者にとって、主人の死は己のそれよりも苦しいだろう。

「戻るぞ、朱梨」

杉宮の庭へ戻りつつ、伯飛はもうひとつの懸念事項を考えた。

伯飛のような巫士は、肉を持たない昼間の幽鬼も見ることができる。

そうした「視鬼」の力は、体に強い陰の気を帯びた者、すなわち廃妃に取り憑かれた朱梨にも事後的に備わっていた。

しかし先ほどの朱梨は、偶然なのか壁の向こうの幽鬼を察知している。幽鬼の気配を探るのが苦手な伯飛はもちろん、老師にすらできる芸当ではない。

「朱梨、礼を言う。もしも今夜の調査をひとりで行っていたら、伯銀を弔うことはできなかっただろう」

「私は、お役に立てたのでしょうか」

朱梨はいつも以上に実感がないようで、不安そうにこちらを見上げている。

「遺体が発見されなければ、それ自体が未練となって幽鬼は出現する。きちんと幽鬼を祓うには、未練の解消だけでなく遺体の捜索も重要なのだ」

伯銀は小青竜に命じ、自らの死を伏せさせた。朱梨がいなかったら、伯銀はいまも幽玄城をさまよっていたかもしれない。

「朱梨が見た赤い光は、幽鬼の気配のようなものなのだろうか」

「わかりません。ですが廃妃や蓮葉の際にも、同じ光を見た気がします」

この手のことは、老師に任せたほうがいいだろう。

——それよりも、いま大事なのはこちらだ。

伯銀はかなり前から死んでいて、探していた「妃の幽鬼」は見つかっていない。

それがなにを意味するのか、伯飛はおぼろげにわかり始めていた。


「とうとう、やりやがったか」

荒い口調で、四弟の伯馬が吐き捨てる。

真夜中の青金宮に、皇子たちが集まっていた。

伯銀はいままでも参加が少なかったため、決定的な欠落感はない。

しかしその席が再び埋まらないことに、誰もが恐怖を感じている。

「どいつがやった！　これから俺たちを、ひとりずつ除いていく気か！」

「落ち着け、伯馬」

いつものように、伯金が四弟をたしなめた。

「兄上の報告によれば、まだ伯銀の死因は不明だ。遺体はすでに朽ちていて、調査も困難と報告されている。殺人とすら断定できない」

「じゃあ三兄は、自死したってのかよ。理由はなんだ。妻の後追いか。そんなわけないだろう。俺たちは皇族だぞ。ほかの誰より命は重い」

「幽鬼に導かれた、という可能性もあるな」

普段は慎む言葉だが、伯飛はあえて口にした。

「なにが幽鬼だ！　そんなものいるわけがない。一番あやしいのは長兄だ。殺しておいて発見者のふりをするのは、追跡から逃れる常套(じょうとう)だからな」

「私を疑うのはかまわない。だが伯銀の亡骸(なきがら)は、死んで二十日は経っていた。しかし一昨日、伯銀はこの場にいた。おまえも見ただろう」

「あんなのは、偽物に決まっている。それを証拠に、三兄はただの一度もしゃべっていない。誰でも成り代われたはずだ」

「控えよ、ふたりとも。そもそも我らの間に、犯人がいるわけがない」

伯金が兄と弟を叱りつつ、まっとうな意見を述べた。

「ぼくはいると思うよ、犯人」

若き五弟が、きっぱりと言い切る。

「四兄は次兄を殺せば、順番から言って帝位は自分のものでしょ。長子でありながら皇太子に立てられなかった長兄の場合、残り三人も殺す必要があるよね。ぼくは次兄と四兄のふたりを殺すだけだから、長兄よりは楽かも」

伯香がくつくつと、愉快そうに笑っている。

野心を抱えていたというより、予想が当たったという顔だ。恐怖におののくゆえの変貌か、今日まで本性を隠していたのかはわからない。

「おい、伯香。要するに、俺があやしいと言いたいのか」

「やめないか、伯馬！　伯香もだ。兄弟を殺す話など、不謹慎にもほどがある」

伯金の声は、明らかな怒気をはらんでいる。

「不謹慎って言われても、実際に三兄は殺されちゃったわけだし」

「おい、伯香。俺の話は終わってないぞ。三兄の寝所に消える幽鬼を見たのは、おまえの侍女だそうだな。おまえがその女に命じ、三兄を殺させたんじゃないか」

「なんとも浅はかだなあ。そういうところ四兄らしいよね。あ、そっか。それに近い方法で、四兄が三兄を殺したのかも」

数の多さに意味がある皇子という存在は、常に比較されて神経が尖っている。

しかしそれほど悪くなかった兄弟間の空気を、最悪に導いたのは伯飛だ。

「伯馬、私が悪かった。伯香も矛を収めてくれ。私はこの期に及んでも、おまえたちが伯銀を殺したとは思えない。伯銀自身も、我らの結束が壊れることを懸念していたのだと思う」

幽鬼として集まりに参加したのは、犯人捜しとは限らない。

常と同じであってほしいと願ったから、伯銀は微笑んで消えたのではないか。

「私はつまらぬことを言って、無駄にみなの不安を煽った。深く謝罪する」

伯飛が頭を下げると、伯馬が鼻を鳴らした。

「わかりゃいい。俺だって、兄弟の諍いに得がないことはわかってるからな」

「ぼくも、ちょっと調子に乗ったかも。若さゆえの過ちってことで」

伯香も、一応はしおらしい態度を取る。

「さすが長兄。弟に頭を下げる度量がある。さておきいまこそ我ら兄弟、一丸となるときだ。みな気を引き締めよ。今宵はひとまずこれまでだ」

伯金が宣言し、弟たちが青金宮を去っていく。

最後に伯飛が席を立つと、伯金が苦しげに言った。

「敵が幽鬼であれば、頼れるのは兄上だけです。どうか弟たちを守ってください」

「ああ。わかっている」

しかし翌朝になると、伯飛はまたひとり弟を失っていた。

第六章　不死の巫士

一　朱梨、龍井茶を入れ我を通す

「なんにしても、後宮から出られるのはよかったわ」

虎目宮の前の通路で、玉蘭は言葉とは裏腹に暗い顔をしている。

今朝、伯馬皇子が路上で死んでいるのが見つかった。伯飛の四弟である彼には朱梨も玉蘭も一度会っているので、まだその死をうまく受け止められない。

「私も玉蘭がいてくれて、心強いです」

伯飛が特別な許可を取りつけてくれ、玉蘭も後宮外に出られるようになった。伯馬の死亡には幽鬼が関わっているかもしれず、調査に人手が必要らしい。

朱梨たちは現場から離れたところで、情報を集める役割を仰せつかった。

「伯馬は嫌なやつだったけど、助けが必要なら手を差し伸べるわ。わたくしは国母になる女だからね」

そうですねと、朱梨は内心を隠して微笑んで見せた。

これまでの微熱や咳に加え、最近は胸に鈍痛も感じる。

元来から旺盛でない食欲も衰え、そのせいか疲れがとれない。玉蘭が国母になる姿を見届けるのは、間違いなく無理だろう。

——お茶を、入れたい……。

伯飛の腕の中にいるときは、それだけで心が満たされる。

そうでないときの朱梨は、誰かを捕まえて茶を入れるようにしていた。

茶を入れているときだけは、自分の死を忘れられる。

死が怖いのではなく、死について考えている時間が嫌だった。残された時間が少ないからこそ、生きること以外は考えたくない。

「とりあえず、情報を集めましょう。あそこに人が多いわね」

まだ昼前だからか、玉蘭が指さす虎目宮の門前に人だかりができていた。

少し聞き耳を立ててみると、まず伯馬の遺体の状況がわかった。

「何十人もに殴られたようで、胴がちぎれかけているとか」

「通りに捨てられていたというなら、かなり恨みがこもってるな」

宮女や宦官たちは、あな恐ろしやと身震いしている。

「玉蘭はどう思いますか。聞いた限り、秘密裏の犯行ではなさそうですが」

「さっきから聞いてるんだけど、誰も犯人を見ていないみたい。代わりに幽鬼を目撃した人は、ちらほらいるようね」

であればやることは決まっていると、それらしき人物に声をかける。

「ええ。昨晩に私が見たのは、明らかに妃の幽鬼でした。乱れた髪でうつろな目をしていましたが、お召し物と顔立ちが高貴でしたから」

しばらく聞いて回ると、同じく妃の幽鬼の目撃証言が得られた。

「でも変よね。伯馬殿下は明らかに、複数人の暴行に曝されているでしょう。なのに見られたのは妃の幽鬼だけだなんて」

玉蘭の意見に同意し、ひとまずは伯飛のところへ報告に向かう。

「やはりそうか。いま老師とも話していたんだが、朱梨に頼みがある。例の赤い光をどこかで感じないか」

伯飛に請われ、朱梨は試しに目を閉じ意識を集中した。

するとまぶたの裏側に、大小さまざまな赤い光が蛍のように灯って見える。

「……殿下。あちらに、かなりの数が」

朱梨が指さした方向を見て、老師がうなった。

「虎目宮のあの辺りは、伯馬の寝室だ。朱梨のその力、本物かもしれぬ。朱梨。ぬしの二親も、緋色の目をしていたのか」

「いいえ。この赤い瞳を持つのは、私だけでした」

そういえば、菊皇后にも同じことを聞かれたなと思う。

「老師、検証は日を改めてだ。朱梨たちは、少し離れて様子を見ていてくれ」

伯飛たちに少し遅れて、朱梨と玉蘭も虎目宮へ入る。

寝室らしき部屋を遠目に見て、朱梨は戦慄した。

「えっ、なに。朱梨にはなにが見えているの」

玉蘭が、びくびくしながら聞いてくる。

「五人……いえ、十人近い幽鬼が、室内にひしめいています」

みな口や背中から血を流し、うつろな目を空間に泳がせていた。

「棒打ちの刑に処されて死んだ、従者たちだろうな」

老師がやれやれと、懐の銭を数え始める。

「伯馬は従者に厳しかった。これだけの人間を殺めたと思うと、我が弟ながら救いようがない。あいつが幽鬼を怖がった理由がわかるな」

伯飛は口を引き結び、幽鬼たちに向かって頭を垂れていた。

「しかし妙だぞ、伯飛。伯馬が幽鬼を恐れ始めたというときから、今日までにはかなりの間がある。寝室の幽鬼たちも、さほど凶暴そうには見えない」

「父の死が近いからか……いや、待て老師……」

伯飛はあごに指を当て、なにか考えこんでいる。

するとそこへ、皇太子殿下の御成りを告げる声が響いた。

「兄上、遅くなりました。どんな状況ですか」

伯金が伯飛に尋ね、結果を聞くとやはり口を引き結んだ。

「さすが皇太子殿下は、きれいなお顔ね。後宮一の美姫の血を引くだけあるわ」

玉蘭が、こそこそと声をひそめる。

伯金の顔は、伯飛とはまるで似ていない。

しかし真剣に話す様子に為政者としての魅力が感じられ、なにより兄に敬意を払っていて好感が持てた。玉蘭が場違いを承知で話すのも無理はない。

「朱梨。私は幽鬼を祓う。ここは立ち入り禁止だ。玉蘭と先に戻ってくれ」

皇太子との会話を終え、伯飛が言った。

「ですが……こんなに多数の幽鬼を相手にすれば、殿下はまた気を吸われます。私はなにもできませんが、せめておそばで身を案じさせてください」

ほんのわずかでも伯飛が死に近づくなら、自分も一緒に身を削りたい。

「大丈夫だ、朱梨。今回は我もいる」

老師が、どんと胸を叩いた。

「昼は陽の気が溢れ、幽鬼は寝ているも同然だ。なんの心配もないぞ」

それでもすがろうとする朱梨の袖を、玉蘭が引いてくる。

「弁（わきま）えるのよ、朱梨。無力の悔しさよりも、いまは邪魔をしないほうが大事」

その言葉には従わざるを得ず、朱梨は名残惜(なごりお)しみながら辰砂殿へ帰った。

伯飛の寝室で、朱梨はじっと夫の帰りを待っている。

――私に、できることは。

老師はすでに虎目宮から戻っていて、玉蘭に無事を伝えると燐灰宮に出かけていった。「筋を通すだけで他意はない」、とのことらしい。

ひとまずは老師も伯飛も怪我はなく、幽鬼は問題なく祓えたという。

いまだ伯飛が戻らないのは、兄弟の集まりで諸々を話しあっているのだろう。

第三皇子の伯銀は、およそ二十日前に死亡したと見られている。死因は定かではないが、口が利けなかったことから毒の類と伯飛は推理していた。

そして伯銀の死亡について皇子たちが意見を交わした翌日、今度は第四皇子の伯馬が通路で遺体となって見つかった。

『代替わりが近づくと、幽鬼たちが騒ぎ出すのだ』

かつて老師が、そんなことを言っている。

皇帝陛下が病床にあるいま、伯飛は毎夜のごとく後宮をさすらっていた。以前ほど衰弱は見られないが、それでも体は疲れきっているだろう。

巫士は不死だというけれど、それは魂が転生するだけの話だ。

死に際しては痛みがあるし、なにより大切な人との別れがある。

父たる皇帝、母たる皇后、二弟の伯金に、兄弟子だった小青竜。同じ宿命を背負った老師や、憐れみから妻として迎えられた朱梨。その友の玉蘭。従者の葛根と麻黄はもちろん、かつての乳母の映山紅――。

朱梨が知っているだけでも、これだけ多くの人が伯飛を慕っていた。

第一皇子は暗愚と笑われるが、その心根に触れた者はみな伯飛を好きになる。

おそらくその死に際しては、名を挙げた以上に大勢が涙を流すだろう。

それと同等の悲しみを、伯飛はいま味わっているのだと思う。

共に育った弟たちが次々殺される状況に、心を削って臨んでいるはずだ。

――私に、できることは。

眠らずにそればかり考えていると、窓の外で足音が聞こえた。

「朱梨。もう寝たか」

伯飛の声が聞こえ、朱梨は自室を飛びだしていく。

「お帰りなさいませ、殿下――」

顔を見るなり、その場で抱き寄せられた。

「朱梨、外の物見塔に上ったことはあるか」

「いいえ、ございません」

辰砂殿の敷地の隅には、三階建ての塔がある。ある意味では宮殿よりも目立つ建物だが、物見どころか倉庫としても使っていないと映山紅から聞いていた。

「ではいまから上ろう。茶器の準備を頼む。塔には火鉢があるはずだ」

ひとまず理由は聞かず、朱梨は大急ぎで茶器の支度をする。

「よし、行こう」

朱梨から茶器の入った行李を受け取ると、伯飛はすぐさま歩きだした。

古めかしい物見塔に入り、内階段を上っていく。すぐに最上段に着いた。

「よい風だ」

伯飛は欄干（らんかん）に手をついて、景色を眺めている。

高い塔ではないので、夜の後宮を一望できたりはしない。

しかしほつれた髪を風になびかせる伯飛は、気持ちがよさそうに見えた。

「私がいまの老師の年頃のとき、老師はいまの私の年頃だった」

朱梨が火を熾（おこ）していると、伯飛が楽しげに語る。

少し混乱はしたが、伯飛が十歳、先代の老師が二十歳と考えてみると、なんとなく想像ができた。

「当時の老師は目も失っておらず、なかなかの美丈夫でな。共にすごした期間は一年にも満たなかったが、私はずいぶん憧れたものだ」

眼帯をした童の顔に見慣れていると、想像が難しい。しかし魂が同じなら、きっと豪放磊落な青年だったのだろう。

「老師が幽鬼との戦いで消耗して死んだとき、私は泣きじゃくった。ただ間際の老師は笑っていたんだ。『私は伯飛と再会できる。これがどんなにうれしいことか、おまえには想像できないだろう』と」

伯飛はその頃を思いだすように、遠い空を見上げている。

「巫士は死んだ刹那に転生するわけでもない。ときに十年をまたぐこともある。そのうえ自我を持つ歳までは、記憶がよみがえらないことも多いのだ」

当時の老師が二十歳で亡くなったなら、十年をまたいだとしても再会できる人物はそれなりにいただろう。

しかし巫士の事情を知る者は、ごくわずかと聞いている。交流のあった相手を見かけても、声をかけられないのかもしれない。

「私は老師の遺言に従い、武術に打ちこんで六年を待った。やがて老師は童子の姿で私の前に現れた。そして私を見て嗚咽したのだ。老師の死に際の私以上に」

童子だから、というだけではないだろう。

「少しだけ、わかりました。別れの悲しみに打ち勝てる老師ですら、再会の喜びにはむせび泣く。巫士はそれほどに孤独で、辛い宿命なのですね」

「そのときに、私は決めたのだ。老師を見送り、老師を迎えて生きようと」

伯飛の横顔に、迷いは浮かんでいなかった。

それが老師と同じく千年を生きる覚悟だと気づき、朱梨は声もなく涙を流す。

――きっと私は、あっという間に忘れられる。

朱梨の死後も、伯飛は転生して生き続ける。茶を入れるしか能のない妻との束の間の暮らしなど、膨大な時間の中では心に刻んでも摩耗してしまうだろう。

それを悲しいと思うのは、朱梨の傲慢かもしれない。けれど本心だ。

「おお、豆のごときの香り。私の一番好きな茶か」

朱梨が蓋椀に湯を注ぐと、夜を眺める伯飛がうれしそうに鼻を動かした。

「私も好きです。翡翠のごとき茶葉の色が、賜った玉佩と同じなので」

茶を蒸らす間に、胸に手を当てる。

匂い袋の中に詰まっているのは、朱梨の宝物ばかりだ。

「龍井。緑茶です」

伯飛が蓋椀を受け取り、蓋をずらして顔を近づける。

「ああ、いい香りだ。緑が広がる幻の大地を感じる。そこにしっかりと根の張ったような味は、まさに命の息吹だ」

龍井の気高い香りは、少々の風にも負けない。

「茶杯は昔、大きい物が主流だったそうです。時代と共に小さくなったのは、より茶の味と香りを感じやすくするためだとか。蓋椀の蓋も同じくです」

「つまり、凝縮したのだろうな。私たちの人生のように」

伯飛がまた茶を飲んで、熱い息を吐く。

その言葉から感傷は読み取れなかった。伯飛はいまを生きている。

「朱梨の茶を飲むと、心が穏やかに凪ぐ。口にできない迷いを、片時だが眠らせることができる。朱梨が私に与えてくれた、巫士ではない伯飛の時間だ」

「では私の命ある限り、殿下のためにお茶を入れ続けましょう」

「朱梨。今宵は私を、伯飛と呼んでくれないか」

常なら遠慮をするところだが、今日は素直に応じられそうだ。

「……伯飛。どうか一日でも、私より長く生きてください」

伯飛は無言で、朱梨を見つめている。

「お願いです……私はもうこれ以上、置いていかれたくないのです」

「朱梨はわがままだな。残されるほうが辛いと知っていよう」

ふっと笑った伯飛の目は、童の頃に見た父母の眼差しと似ていた。

「畏れ多い自覚はあります。でも私には、もう家族がいないから……」

朱梨が涙を流して謝ると、伯飛が蓋椀を置いて抱きしめてくれる。

「それが朱梨の望みなら、皇子の座にかけて誓おう。私がおまえを看取ってやる」

しばらく伯飛の腕の中で、朱梨は龍井の香を嗅いでいた。

「殿下……伯飛は、私にしてほしいことはありませんか」

「そうだな」

伯飛が腕をほどき、正面から朱梨の瞳をじっと見る。

「今回の件には、幽鬼が大きく関わっているだろう。その力はかつてないほどに強大だ。やつらとの戦いに際し、私は疲れている。昂ぶりと同時に恐れもある」

恐れと聞き、あっと気づいて伯飛の背中に腕を回した。

「ありがとう、朱梨。おまえの茶を飲み、昂ぶりは鎮まった。顔を見て話し、疲れも癒えた。あとは恐れを包むぬくもりが欲しい」

「これではだめですか。いまの私は、炭より熱いと思いますが」

「たしかに熱いが、布越しだ。もっと直接、朱梨が欲しい」

短いながらも同じ時間をすごせたから、伯飛が望むことはわかった。

「では、目を閉じてください」

朱梨は両腕を伸ばし、伯飛の頬に手を添える。

そのままゆっくり腕を引き、朱梨も目を閉じ唇をあわせた。

いつも与えられてばかりで、朱梨から献じたのは茶くらいしかない。

これまで足りなかったものを埋めるように、伯飛の唇を求める。

ふっと頭の中に違和感を覚えたが、すぐになにも考えられなくなった。


辰砂殿に戻ると、朱梨の隣で伯飛は倒れるように眠った。

大きな戦いが近いと言っていたし、力を蓄えておきたいのだろう。

――なのに、私との時間を作ってくれた。

朱梨は伯飛に感謝しつつ、しばしその寝顔を眺める。

このまま自分も眠りたかったが、なぜか胸騒ぎがして落ち着かない。

とりあえずこれまで見たものや聞いたことを、頭の中で整理する。

伯銀の亡き妻と見られている幽鬼は、高貴な襦裙を身につけ、髪を振り乱していたのを目撃されている。伯香の侍女の証言によれば、目撃は二十日前だ。

伯銀は杉宮に住んでいたが、そこでも水閣を上る女の幽鬼が目撃されている。そちらもおよそ二十日前と、若い宦官が教えてくれた。

そして伯銀自身もまた、およそ二十日前に亡くなっている。

ならば伯銀が、妃の幽鬼なのか。

違う。朱梨は伯銀の幽鬼を目の当たりにしたが、女の服装ではなかった。

では伯銀の妻が、妃の幽鬼か。

装いは該当すると聞いている。

妃の幽鬼が二十日間現れなかったのは、未練が解消されたからと考えてみた。伯銀の死亡も同時期と考えると、動機はともかく辻褄だけはあう気がする。

しかし四弟伯馬が死んだ夜に、またも妃の幽鬼は目撃された。

伯馬の亡骸は、複数の者に殴られたと見られる有り様だったという。犯人と思しき複数の幽鬼は、虎目宮の寝所内にいた。

なぜ伯馬は、宮殿の外に打ち捨てられていたのか。

妃の幽鬼は何者で、ふたりの死にどう関わっているのか。

そのときふっと、物見塔の上で覚えた違和感の可能性に気づいた。

――もしかしたら、私は赤い光を見たのかも。

あのときは目を閉じていたのだから、見えるとしたらそれしかない。

赤い光が幽鬼の気配とはまだ断定できないが、伯銀の水閣に伯馬の寝室と、朱梨はすでに二回も壁越しに幽鬼を見つけている。

その力は廃妃に陰の気を付加されて得た「視鬼」の力ではなく、気づいていなかっただけで以前から朱梨が持っていたものだ。

伯飛には疲労が蓄積しているし、大きな戦いも控えている。一日でも長く生きてと頼んだのだから、自分もそれを支えるべきだろう。

なにより確証はないものの、朱梨は妃の幽鬼の正体をつかみかけていた。

その正体が予想通りであれば、伯飛は不利を強いられる。

――これは、私にしかできないこと。

朱梨は牀から身を起こし、夫を目覚めさせないようにそっと寝室を後にする。

自室に戻って着替えをすませると、辰砂殿から外に出た。

――戦えずとも、居場所を探るくらいは。

目を閉じて意識を集中すると、赤い光が蛍のようにまぶたの裏に浮かんだ。

これまでは呪いだった血眼が、いまや朱梨の頼みの綱になっている。

朱梨はときどき目を閉じながら、後宮内を歩き回った。

やがてその足は中央、すなわち皇帝陛下の寝所に近づいていると悟る。

陛下の寝所、金剛宮（こんごうきゅう）は後宮でもっとも厳重に警備されているはずだった。

しかし目下は、門の前に誰も立っていない。

試しにまぶたを閉じてみると、赤い蛍の光点はひとつも浮かばなかった。

さっきまでは見えたのにと、朱梨は再びまぶたを閉じる。

そして、気づいた。

赤い光が見えないのではなく、まぶたの裏がすべて赤に染まっていたことに。

思わず息を呑むと、宮殿内で人が動く気配がした。

恐る恐る門の内側をのぞくと、走り去る雅な襦裙が見える。
「待って、待ってください！」
勇気を振り絞って追いかける。しかしすぐに肺が悲鳴を上げた。
それでも朱梨は胸を押さえ、襦裙が向かった庭の隅へと進んでいく。
辺りの空気がひんやりとしてきた辺りで、苦しみが限界を超えた。
そばに古井戸があったので、縁(へり)に手をついて呼吸を整える。
周囲の様子をうかがったが、襦裙の後ろ姿は見当たらない。
見失ったというよりも、消滅した印象だ。ならばと目を閉じ意識を集中する。
一面赤く染まっているのは金剛宮の本殿で、ほかに光は見当たらない。
別の角度はと首を動かした瞬間、ぞわりと背中に悪寒が走った。
目を開けると、そこに髪を振り乱した妃がいる。
「あなたは――」
どんと胸を突かれて、朱梨は井戸の底へと落ちていった。

二　朱梨、伯飛の声を聞く

霧の中にいるようで、朱梨の周囲はなにもかもがもやもやしていた。

ここはどこかと辺りを見回していると、ふいに伯飛の声が聞こえる。

「気がついたか」

薄闇の中に伯飛の顔があった。血眼でもないのに目が赤く腫れている。ほつれ髪が垂れ下がっているので、どうやら自分は寝かされているようだ。

目を動かせる範囲で見たところ、ここは伯飛の寝室らしい。

「朱梨。おまえは私を守ろうとしてくれたのだろう」

伯飛に抱きしめられたが、どこか違和感があった。まだ体が眠っているような気がして、ひとまずは頭を働かせてみる。

そして自分が、寝ている場合ではないことに気づいた。

「伯飛、人です！　妃の幽鬼は、人であり、幽鬼です！」

とにかく見たことを伝えようと叫ぶと、頭に伯飛の手が触れた。

「ああ、わかっている。あとのことは、私に任せろ」

撫でられながらその言葉を聞くと、朱梨はまたもやもやと霧に包まれた。

三　老師、戦わずして伏す

「待て、伯飛。落ち着くのだ」

辰砂殿を飛びだした伯飛を追いかけ、老師は必死に走る。

「大丈夫だ、老師。私は冷静だ。やるべきことをやれる」

「愚かな。ぬしは朱梨のことで頭がいっぱいではないか。敵は強大なのだぞ。策がいる。いったん立ち止まれ」

それでも伯飛は振り返らない。

「ああ、認めよう老師。私は怒りで煮えたぎっている。だがそうでなくとも、やることは同じだ。後宮に渦巻く禍根を、ひとつ残らず祓い斬ってやる」

日頃の伯飛は冷静だが、ときに力を示そうとすることがある。まるで親に認めてもらいたい子どものようでもあり、鬱憤を晴らす悪鬼のようでもあった。

――だが、これでは相手の思う壺だ。

老師は唇を噛んで考える。伯飛を止めることができないなら、せめて死なせないようにするしかない。

「むっ。伯飛、止まれ。誰かいる」

前方に人影を見て、老師は立ち止まった。

「そこにいるのは……伯香か。こんなところでなにを――」

成人している伯飛の兄弟では一番若い、第五皇子が闇の中に立っている。口や腹からごぼごぼと血を噴きだす姿は、なんとも痛ましい。

「……長兄。なんでぼくが、死ななきゃいけないの……」

「伯飛、気をつけろ。伯香はすでに幽鬼だ」

老師が制すると、伯飛はうつむいて声を絞りだす。

「伯香。おまえの無念はなんだ。なにがおまえを現世に縛っている」

「甘かったんだよ……ぼくたちは皇族……殺さなければ殺される運命……三兄のときに、わかってたのにね……」

「わかった。伯香、誰を殺したい」

伯飛に問われ、伯香は首をあらぬほどに傾げた。

「それはまあ、兄弟全員だろうね！」

叫ぶや否や、身を低くした伯香が伯飛に飛びかかる。

「その未練、半分は消してやる。私も今宵で絶えるからな」

伯飛は身じろぎもせず、ただ正面に木剣を構えた。

伯香は木剣を侮ったか避けもせず、二股の光になって消えていく。

「伯飛、あまり不吉なことを言うな。こいつも陰の気に引かれただけで、生前の本意ではないのだぞ」

老師は二対の光の残滓それぞれに、清め銭を放った。

「私は本気だぞ、老師」

「朱梨が、それを望んだのか。おまえの死を」

「言うな。もちろんただでは死なない。後宮の幽鬼はすべて祓う。そして絶対に老師を守る。そのためには、私の命くらい捧げないとな」

伯飛が剣を振って光を払い、再び歩き始めた。

「我は自分の身くらい自分で守れる。小童(こわっぱ)が生意気を言うな」

「老師は私が言っている意味を、本当はわかっているだろう」

巫士という存在は、ふたり同時に死ぬわけにはいかない。しかし伯飛が言っているのは、そういう意味ではないだろう。

――この先ずっと、我を孤独の苦しみから守ると言いたいのか。

莫迦者がと口の中でつぶやき、血が出るほどに唇を噛んだ。

「おい、伯飛。覚えているか。ぬしの今際に話してやると言ったことを」

「ああ。朱梨を迎えた頃に、あの目がどうのと言いかけていたな」

「そうだ。あのときは確証がなかったので濁したが、文献を当たってわかった。朱梨の緋目は、ただの赤い目ではない。まず幽鬼の気配を察知――」

「待て、老師」

伯飛が急に足を止め、老師はその背中にぶつかった。

「おい伯飛、大事な話の途中……なんだあれは……」

金剛宮の方面に、目に見えるほどの真っ黒な邪気が漂っている。

「私を呼んでいるのだろうな。向こうも本気だ。行こう、老師」

伯飛が走り、金剛宮の門へ駆けこんだ。

門を守るべき兵たちの姿はない。みな庭のあちこちに倒れている。

「なんと……放っておけば、陽の気を吸われて死ぬぞ。動ける者はおらぬか！」

老師が叫んで辺りを見回すと、巨漢が地響きを立てやってきた。

「おい、伯飛。男子禁制の規則は見逃してくれ。さっき夢に殿下が現れて、金剛宮へ向かえとおっしゃられたのだ」

この巨漢は武術における伯飛の兄弟子で、伯銀の衛兵だろう。

「老師、ちょっとなんなのこれ」

ただならぬ邪気の広がりを、後宮の住人たちも気づいたようだ。いつの間にか門外に人が増え、跳ねっ返りまでもやってくる。

「老師、あとは任せた」

伯飛が庭を突っ切り、金剛宮の本殿へ向かった。

「おい、ひとりで行くな！　くっ……そこの巨漢。ここに倒れている人間を、十字殿に運んでくれ。玉蘭、ぬしは生きている者を誘導し、金剛宮から離れろ。決してこちらに近づくなよ」

言って伯飛を追いかけようとすると、巨漢に呼び止められた。

「待たれよ、童子。名のある御仁とお見受けした。小青竜も助太刀いたす」

「待つのはそっちよ！　あなたがいくら強くても、助太刀になんてならない。相手は幽鬼なのよ。力自慢でも老師の言う通りにして！」

察しのいい玉蘭が、その場をうまく仕切り始めた。

——さすがは国母になる女、か。

ゆるみかけた口を引き締め、老師は伯飛の背中を追う。

やがて追いついたところ、伯飛は不気味な女と対峙していた。

「……いや、違う。あれは……皇太子、なのか」

妃妾のごとき襦裙を身につけ、伸び放題の荒れた髪はおそらく鬘だろう。

顔には常の気迫がなく、うつろな目で伯飛を見つめている。

「兄上。父上が、逝きました」

ぽつりと、伯金がつぶやいた。

「そうか。呑まれたのだな、伯金」

伯飛の問いかけに、伯金がうなずく。

「私には背負いきれませんでした。母はずっと、国母になることだけを目標に生きてきたのです。それが先の流行病で、あっさり亡くなりました」

「なんと、百貴妃が……だが我は最近も、金色の神輿に乗った姿を見たが……」

老師は口の中でつぶやきながら、およそ最悪の可能性に思い至った。

「母は、いまも父上のそばに侍っています。幽鬼として、気を吸うために」

「伯金。弟たちを殺したのは、百貴妃なのか」

伯飛が淡々と問う。

「……はい。伯銀には毒を服ませたようでした。私はこの姿に変装して、伯銀の遺体を隠しました。伯馬は母が幽鬼たちを操って、なぶり殺しにしています。私はやはりこの姿で、遺体を通路に捨てました」

「人であれ、幽鬼であれ、百貴妃以外の仕業に見せかけるためか」

老師の問いに、伯金がうなずく。

「そうしなければ、兄上が母を祓ってしまいますから。今夜の私は、母が殺しているであろう伯香の遺体を処分するつもりでした」

「そこへ、朱梨が現れたのだな」

伯飛は感情を表に出さず、事実だけで話を進めている。

「母が弟たちを殺したのは、兄上に罪を着せるためでしょう。幽鬼となった母の天敵は巫士ですから、直接向きあわずに排したかったのだと思います。ですが兄上の妻である甘福普が、どういうわけか母と私の存在に気づきました」

たしか朱梨は、「妃の幽鬼は人であり幽鬼」と言っていた。

おそらく朱梨はあの緋目で、百貴妃を察知してしまったのだろう。

「伯金。どうして百貴妃を、母を止められなかった」

「ご存じでしょう、兄上は。私の母は怖いのです」

伯金が力なく笑ったが、老師は追及する。

「本当に、ぬしが呑まれたのか。ぬしが母を利用したのではないか」

「そう……かもしれませんね。兄上が巫士でさえなければ、私は誰に恥じることなく皇位を継げますから」

「なにを恥じ入ることがある。おまえは私よりよほど優秀だ」

「父上は、そう思っていませんでしたよ」

そこに禍根があったとなると、伯飛がいたたまれない。

伯飛も父も、互いに向きあえず一度も顔をあわせていなかった。

「兄上、老師。どうか逃げてください。ふたりが生きていれば、幻は続きます」

伯金が、すべてをあきらめたように言った。

「莫迦者、違えるなよ。巫士の仕事は後宮の幽鬼を祓うことだ。我らは幻を守るのではなく、人を守っている。そうであろう、伯飛」

「ああ。だが死んで生き返るのは、私ひとりでいい」

伯飛は右手に剣、左手に桃の木剣を構えていた。

見ればいつまでもこない巫士にしびれを切らしたのか、正殿の戸を開けてひとりの妃妾が顔を見せている。

百貴妃はこちらに向かって手招きをして、また奥に消えていった。

「あの妖婦め。幽鬼の巣窟へ我らを招き入れる気か」

皇位の代替わりに際し、幽鬼たちは活性化する。前宮でも後宮でも陰の気が満ちるからだ。宮殿内には数えきれぬほど、多くの幽鬼が顕現しているだろう。

伯馬の死を思い返せば、百貴妃はその幽鬼たちを意のままに操れるはずだ。恨みの強い悪鬼は常識を超えた力を持っている。

――こちらも覚悟はある。国母へ執着するのは、百貴妃だけではないからな。

老師は薄く笑い、伯飛と同じく両手に二剣を構えた。

「兄上、最後に頼みがあります。私の手は汚れてしまった。母に会う前に、我が命をお絶ちください」

伯金が首を差しだすように、地面に膝を突いた。

「甘えるなよ、伯金。おまえには皇太子としての責任がある。犯した罪と弟たちの魂を背負えねば、民草だって背負えない。母君の呪いは私が引き受けてやる」

伯飛が弟の脇に立ち、その頭に手を置いて撫でる。

「なんなんですか、もう……私が巫士であればよかったのに……」

「さらばだ、弟よ」

伯飛が宮殿へ向かって歩きだす。

「待て、伯飛。朱梨はどうするのだ」

「昔、老師は言ったな。人と交わると、迷いが生じて巫士は弱くなると。私はあの頃から思っていたよ。だから老師は弱いんだと」

伯飛はこちらを振り返らず、背を向けたままで言った。

「なんだと。我がぬしに負けたことは一度もないぞ」

「私が強いとは言ってない。老師は優しすぎるのだ。ひとりの人間を愛さず、万人のために尽くさんとする。帝にでもなったつもりか」

「莫迦者め。その議論を我にふっかけてきたのは、ぬしで百人目だ」

多くの巫士が、そう言いながら散っていった。

守るべき相手を得ながら、それを遺して悲しませて。

「なあ、老師。巫士の呪いは、不死の呪いだ。死を恐れぬ代わりに生で苦しむ。人の理とは逆なのだ。私は伯飛の初代だから死も恐れる。だから生を謳歌しようと、朱梨を娶ったのだ」

「だったら我を置いていけ。父のように世継ぎを作れ」

これまでもずっと、そうしてひとりで千年を生きてきた。

「老師をひとりにしないために、残される悲しみを味わわせないために、私は朱梨を選んだのだ。朱梨も覚悟を持って私に茶を入れてくれた。いまの私は生も死も恐れていない。その証拠に、あの空を見ろ」

伯飛が剣の切っ先を、天空に向けた。

つられて空を見上げた瞬間、水月に痛みが走る。

「貴様……師たる我を謀（たばか）るなど……」

「朱梨のことを頼んだぞ、老師。いや――小角（しょうかく）」

伯飛の笑顔をにらみつけながら、老師は意識を失った。

四　朱梨、最期に薬茶を入れる

昼間の伯飛は、往々にして寝ている。

たまに起きているときは老師と巫術の修行をしたり、自室で書を読んだりして過ごしている。そういうときの伯飛に茶を入れるのが、朱梨は好きだった。

「水金亀（すいきんき）。青茶でございます」

そっと蓋椀を差しだすと、伯飛はありがとうと微笑む。

そうして椀の蓋をずらし、おっかなびっくりに口をつけて「おお」と開眼する。あまり知られていない伯飛の弱点は、猫舌なところだ。幽鬼を恐れず戦う巫士であるのに、いつも茶には慎重に当たるのがおかしい。

そして伯飛の弱点を知ったからこそ、朱梨は湯の温度に気を遣う。

伯飛が茶を飲んで驚いた顔をするのは、茶葉の風味でも香りでもなく、思ったほどに熱くないと気づいたときだ。

「茶というものは、ひとくち飲んで息をついた瞬間が一番うまいと感じるな。朱梨もそう思わないか」

ぬるさに安堵したことを悟られぬよう、気を逸らせる小細工がかわいらしい。

蓋椀で飲むとどうしても茶葉が口に入るが、それを気にせず呑みこむところも好ましかった。

このまま朱梨が茶を入れ続けたら、熱さを恐れなくなるだろうかと想像する。ひとくち飲んですぐに、うまいと快哉を叫ぶ日がくるだろうかと。

いつかそうなってくれたらうれしいと、朱梨は密かに思っている。

かわいらしい仕草が見られなくなるのは残念だが、そのときにはまた新たな発見があるはずだ。この気持ち自体が、「自分の入れたい茶」だと思う。

――朱梨。

伯飛に呼ばれたような気がして、朱梨は我に返った。

しかし霧の中にいるようで、自分が目を開けているのかもわからない。

――朱梨。

声に呼応し、脳裏に伯飛の顔が浮かぶ。

しかし次の瞬間、朱梨は見たこともない場所にいた。

夕陽で赤く染まった空の下に、一面の花畑が続いている。

「朱梨！」

ふいに、意識が覚醒した気配があった。

ゆっくりとまぶたを開けると、そこに見知った顔が並んでいる。

「玉蘭……老師……」

どうやらいまは夕刻のようで、朱梨は自室の牀に寝かされているらしい。

玉蘭と老師以外に、伯飛の従者たちも朱梨の顔をのぞきこんでいた。

ただ老師以外は、朱梨から目を背けているように見える。入宮してから忘れかけていた、血眼を忌避される感覚がよみがえった。

「気がついたか、朱梨。詳しい話はあとだ。行くぞ」

老師に手を引かれて起き上がる。その手がやけにあたたかい。

――病が、進行しているのかも。

朱梨は妃の幽鬼を追って井戸に落ち、おそらくは伯飛に助けられた。

しかしそこで、著しく体力を消耗したのだろう。

そのせいで病が進行して体温が下がり、見慣れた者でも目を背けるほど、瞳が赤く染まっているのかもしれない。

「急げ、朱梨」

朱梨の手を引き、老師は後宮の通路を走っている。

どうやら金剛宮に向かうらしい。

「あの、老師。殿下は……伯飛はどこでしょうか」

「すぐに会える」

金剛宮の門をくぐる。広大な庭があった。人が数名倒れている。

「なにがあったのですか、老師」

朱梨が尋ねても老師は足を止めず、宮殿の中に入っていった。

その広間に、また人が倒れている。

「……伯飛！」

差しこむ夕陽の中に倒れているのが夫と気づき、朱梨は駆け寄って頭を支えた。

「ああ、朱梨。私はなんと幸運な男だ……」

胸に抱いた伯飛は、口から血を流している。頬もこけていて生気がない。

首から下も傷だらけで、獣の群れに襲われたかのようだ。

「伯飛に代わり、我が説明しよう。手短にいく」

老師が言って、広間の反対側に指をさした。

そこに妃妾がひとり倒れている。

いや、妃妾ではない。雅な襦裙を身につけた、皇太子の伯金だ。

「伯金は死せる百貴妃の恨みに呑まれ、朱梨を井戸へと突き落とした。それは覚えているか」

うなずきながら、朱梨は伯飛の額にかかった髪を払う。

「伯飛には幽鬼と戦う宿命がある。死んでも死ねない呪いがある。それでいながらに生を恐れず、自分が守りたい存在を多く作った。それが朱梨であり、あそこに転がっている弟の伯金だ。死んではいない。陽の気を吸われただけだ。玉蘭」

老師が玉蘭を呼び寄せ、なにごとかささやいた。

玉蘭は頬を紅潮させ、老師の顔を思い切りはたく。

そうして倒れている伯金の元へ近づいた玉蘭は、皇太子の介抱を始めた。

「話を戻すぞ、朱梨。伯飛はそれだけでなく、巫士たる我をも守ると言った。そしてすべてを成し遂げた。守るべき相手を持つ弱さを強さに変え、見事にひとりで後宮の悪鬼をすべて祓いのけた。そして……代償を払ったのだ」

あとは伯飛と話せと言うように、老師が背を向ける。

それは、伯飛の命が間もなく消えるということだろう。

「……嘘つき。私より先に死なないと約束してくれたのに……」

伯飛の頬に、涙の雫を落とした。

「朱梨、最期におまえの茶を飲ませてくれないか」

伯飛はいままでに見たこともないほど、弱々しく微笑んでいた。いつも強気でなんでも力で解決する皇子が、いまは強がろうとしている。

「最期だなんて、そんなこと」

朱梨は励ます。しかし伯飛の顔色が、話す間に白さを増した。

「お願いだ、朱梨。私に茶を……」

そんな用意はしていない。しかしそこへ葛根と麻黄が駆けてくる。

背負った行李に、茶器と茶葉がひと揃い入っていた。

「思いだすな。朱梨が初めて辰砂殿にきたときの顔を。自分は取って食われるのではと、そんな怯えようだった」

朱梨も思い返しながら、手早く茶の支度を始める。

「意外だったのは、朱梨が私を尾行した夜だな。きっかけは玉蘭だろうが、私はうれしかった。朱梨は別に、妬いてはくれなかったかもしれないがな」

「いま思えば、不遜にも嫉妬していたのです」

ささやかだけれど、その感情は確実にあったと思う。

「どうかな。朱梨は感情を表に出さない。だが茶には出ていた。香りを立たせる熱い湯ではなく、少し冷めた茶を出してくれたりな」

気づかれていたと思うと恥ずかしく、その恥ずかしさが切ない。

「お待たせしました。薬茶です」

蓋椀を地面に置き、伯飛の身を起こす。

「驚いたな。龍井を入れてくれると思ったのに、選抜の意趣返しときた。死にゆく夫にひどい仕打ちだ」

「違います。私は伯飛に一刻でも長く……」

「わかっているさ。なあ、老師。今際の際に、愛する妻の茶を飲みながら逝く。これがどんなに幸せなことかわかるか」

「知るものか。また会える我にかまうな」

老師の小言を伯飛は笑い、ゆっくりと茶を口にした。

「ああ、苦い。だがいままで朱梨が入れてくれた茶で、一番うまい」

茶のおかげなのか、その人懐こい笑みはいつもの伯飛だった。

「伯飛……」

悲しみを抑えきれず、涙が一気に溢れていく。

「朱梨、ほんのつかの間だが、私はおまえを幸せにしてやれたか」

「これ以上ないほどに、私は幸せでした――」

涙交じりの声に、ぽつぽつと外で降り始めた雨音が重なる。

「いい雨だ。朱梨と傘を差して散歩をしたいな」

広間から入り口を見上げ、伯飛が目を細めた。

「ぜひそうしましょう」

「想像してくれ。雨の竹林は、茶に似た香りがするのだ。私がそれを言うと、朱梨は茶葉の名で答えてくれる。私はきっと笑うだろうな」

朱梨は歯を食いしばり、微笑んでうなずいた。

「そう悲しむな、朱梨。私は宿命を受け入れている……」

「待ってください、殿下！　どうか私を、置いていかないで……」

「大丈夫だ、朱梨。呪いの宿命は、そう悪いものではない……」

伯飛が目を閉じる。

その体から、くたりと力が抜けた。

「伯飛！　伯飛……」

笑ったまま目を閉じた顔を、胸に抱きしめる。

「殿下！　ああ……」

葛根と麻黄がくずおれ、床を拳で叩いた。

ふたりの肩を抱いて、映山紅も嗚咽をこぼす。

「伯飛殿下……ああ、なにも言えませんわ……」

伯金に肩を貸しながら、玉蘭も伯飛の往生に震えている。

「朱梨、伯飛をうらむなよ。この莫迦者は、こういう莫迦者なのだ」

老師の話を聞きながら、朱梨は静かに泣いていた。

胸に抱いた伯飛の頭を撫で、心の中でほめ続けた。

誰もが思い出の中の伯飛を振り返って泣いていると、小青竜が言う。

「伯飛もここでは冷えるだろう。寝かせてやらないか」

老師が短くうなずくと、小青竜は弟弟子を抱え上げた。


辰砂殿に戻る頃には、空に月が出ていた。

いつも伯飛が茶を飲んでいた卓をみなで囲んでいると、玉蘭が立ち上がる。

「……朱梨、あなたに大事な話があるの。老師からよ」

玉蘭が近づいてきて、朱梨の目を見て涙を拭いてくれた。

伯飛がいつも座っていた席の隣で、老師がうなずく。

「最初に言っておくぞ、朱梨。伯飛はなんだかんだ言っていたが、あいつが命を賭して幽鬼を祓ったのは、おまえのためなのだ」

一言一句聞き漏らすまいと、朱梨は老師をまっすぐに見た。

「人が幽都へ向かうには、ひとつの儀式が必要になる。なに、そう特別なことではない。ただ遺体を見つけて弔えばよいのだ」

伯銀がさしたる未練もなく消えたのはそれだと、在りし日の伯飛が言っていた。

「それができないと、どうなるの」

玉蘭が質問する。

「野で朽ち果てた遺体は、供養を求めて悪鬼になる。だから伯飛は、危険を顧みずに金剛宮へ向かったのだ」

老師が立ち上がり、伯飛の寝室に向かった。朱梨も遅れてついていく。

牀には伯飛が寝かされているが、その隣にもうひとり横たわっていた。

「朱梨。ぬしはもう、死んでいるのだ」

老師の言葉に、声すらも出ない。

目を閉じた伯飛の隣には、たしかに自分が横たわっている。

「殿下はね、井戸の底に落ちた朱梨の遺体を取り戻すために戦ったの。あの人は民でも老師でもなく、あなたと一緒に死にたかったのよ」

言われて朱梨は、ぼんやりと思いだす。

井戸に落とされ次に気がつくと、自室の牀にいた気がした。

あのとき伯飛の体が熱っぽく、後に老師に手を引かれたときは、走っても息が切れなかった。玉蘭とはこうして月が出るまで目もあわず、直接話もしていない。

「それなら伯飛は、私が余計なことをしたせいで――」

やはりこの目は呪われていると、朱梨は片手で目を覆った。

「逆だ。朱梨が死なずとも、伯飛は今夜の戦いで死んでいた。あいつが百貴妃を始めとした金剛宮の幽鬼をすべて祓えたのは、朱梨と出会えたからだ。おまえがあいつを強くしたのだ。おまえの緋目は、呪いではない。なにより――」

老師に言われた途端、朱梨の体が光に包まれていく。

「朱梨！」

家族はとうに失ったはずなのに、みなが名前を呼んでくれた。

ひとりぼっちで死なずにすんだのは、伯飛のおかげだ。

――伯飛。私は、この人生が幸せでした。

心の中でそう伝え、朱梨は安らかに消えていった。

終章

あちらの屋台からは、串打ちの肉を焼く煙。
こちらの蒸籠からは、ふかした茶栗饅頭の匂い。
威勢のいい呼びこみの声と、雑踏を包む喧噪。
通りでは靴を踏まれず歩けないほど、幻国の市井はにぎわっている。
人があふれる通りから静かなほうへ、路地を一本入る。
奥にこぢんまりした家があり、庭にひとりの童女が屈みこんでいた。
年頃はおよそ十歳。雪のように白い肌に、兎を思わせるほんのりと赤い目。
童女は桃の枝で地面に絵を描き、ささやくような声で歌っている。

春夏秋冬　刻々　時々
人は死すれば冥へ去に　閻羅に功罪質される
裁きの末に十獄を　巡って再び世へ出ずる
恨み多きは鬼となり　現世に留まり呪詛を吐く
殺めど屠れど怨晴れず　積もり積もって城覆う

仙師は邪祟を打ち払い　王のお側に侍り死ぬ
戦士は色を好まじと　また繰り返し世を生くる
春夏秋冬　刻々　時々

そこで童女は歌をやめ、ふっと顔を上げる。

「わあ、化け物がこっちを見た！」

門の外から遠巻きに、童子たちが童女を見ていた。

「逃げろ！　血眼に見られると呪われて死ぬ――いたたた」

言いかけたひとりの童子が、その頬を別の童子につままれている。

「覚えておけ、小童。あの緋目は、人を生かすものだ」

自分も童のくせに、ずいぶん偉そうな子だなと童女は思う。

実際に童子は旅装のわりに生地の仕立てがよく、貴族のお忍びのようだ。

「さっきの童歌、間違いだらけだぞ」

童子たちを追い払うと、いい服を着た童子が言った。

童女はよくわからず、首を傾げる。

「私は伯飛だ。童の名は」

「玉蘭」

「……よりにもよって。たしかに当世風の名前だが」

伯飛と名乗った童子は、頭が痛いのか眉間に手を当てている。

「お歌、歌いますか。わたし、得意です。お兄さまが腹痛（はらいた）のときも……」

そこで玉蘭は、まずいことを言ったというように口をつぐんだ。

「小飛（しょうひ）。今後の話をするから、ふたりで一緒にきてくれ」

伯飛の後ろから、大人の男女が現れた。

男の人は目に黒い眼帯をして、やっぱり旅の装いをしている。

女の人はとてもきれいで、男の人よりもいくらか年上に見えた。

「これはまた……見目も瓜二つだな」

「ああ……また朱梨に会えるなんて……」

男の人がぽかんと口を開け、きれいな女の人は跪いて玉蘭を抱きしめた。

「皇后陛下、お召し物が汚れます」

玉蘭の両親が、家の中から飛んでくる。

「皇后陛下、なのですか」

玉蘭が問うと、女の人が涙を拭ってうなずいた。

「そうよ。わたくしのこと覚えてないかしら。名前を当ててみて」

皇后陛下が立ち上がり、玉蘭に微笑みかけてくる。

「……こくぼ」

ふっと、そんな名前が浮かんできた。

皇后陛下が、眼帯の男の人と見つめあって顔をくしゃくしゃにする。

「そう。わたくしは国母になる女。そうなるために、あなたを迎えにきたの。あなたがいないと、伯飛は皇位を継いでくれないから」

「待て、跳ねっ返り。順序立てて話さねば、混乱するであろう」

眼帯の男の人が皇后陛下を止めると、伯飛がくつくつと笑った。

「老師が玉蘭をそう呼ぶのを、久しぶりに聞いたな」

「おい、小飛。我……朕（ちん）のことは陛下か、せめて父上と呼べ」

「前世でも、老師は私を兄とは呼ばなかっただろう。当時の私は長兄で、老師は八弟伯角（はくかく）だった。あと童のように『小』をつけて呼ぶな。私は通算で三十だぞ」

陛下を自称した眼帯の男の人が、臍（ほぞ）を噬（か）むような顔になる。

「老師はともかく、わたくしはきちんと母上と呼びなさい。あなたを産んだのよ」

「母親のような女と笑っていたら、まさか本当に母になるとはな……」

今度は伯飛が、苦虫を噛みつぶしたような顔をする。

「恐れながら、両陛下と皇子殿下に申し上げます。人目につきますので、あばら家ではございますがどうか中へ」

玉蘭の父が跪拝する。

どうやら伯飛は皇子らしい。皇子さまに助けてもらったと思うと、玉蘭はちょっとうれしくなった。

「顔を上げてくれ。ぬしらはもう我の親族だ。しかし中で茶は飲みたいな」

ひたすらに恐縮する両親の案内で、一行は家屋の中に入る。

玉蘭の家は貧しくもないが、そう大きくもない。両親が庶民向けの茶房を営んでいるので、儲かってはいないが茶だけは充実していた。

「さて、どこから話そうか」

眼帯の陛下が言うと、すぐに伯飛皇子が口を挟む。

「老師の話は長い。私が要約しよう」

皇子の話によれば、童歌の英雄はここにいる幻国十代皇帝、周伯角だという。千年も転生を繰り返し、巫士として後宮の幽鬼たちを祓っていたらしい。

八代皇帝の時代、老師と呼ばれたこの帝には青年の弟子がいた。

それが麒麟児と称された第一皇子の伯飛らしい。伯飛は巫士の力を用いて自らの命と引き換えに、後宮に巣喰う幽鬼をすべて蹴散らしたという。

「それが転生する前の私だ。当時の私には、愛する妻がいた。名を朱梨という。朱梨は玉蘭、おまえと同じ赤き瞳を持っていた」

それまでぼんやりしていた玉蘭は、悲しい気持ちになった。

「悲しむな。その瞳は、呪われているがそう悪いものでもない」

伯飛皇子が、小さな手で頭を撫でてくれた。

「緋色の瞳は、巷で言われているように不幸を招くものではない。遠い幽鬼の存在を知覚し、巫士と『対になる』力を持つ。そこにいる眼帯の皇帝は、おまえのような者を緋巫女と名づけた」

童とは思えない伯飛皇子の話しぶりに、玉蘭はずっと感心している。けれどなんとなく話の内容がわかる自分にも、ちょっとびっくりしていた。

「赤い瞳を持つ者は、幻にもわずかながらいる。だがその者たちはみな遺伝だ。二親のどちらかが同じ特徴を持っている。そちらに緋巫女の力はない」

玉蘭はちらりと、両親の顔を見た。

人から「血眼」と呼ばれる赤い右目は、父も母も持ってない。

「そうだ、玉蘭。おまえも、以前の朱梨も、両親の瞳は黒い。老師はそれに違和感を覚えて渉猟した。つまり丹念に調べたのだ。そうして緋巫女が巫士と『対になる』と言われる、真の理由に気づいた」

眼帯の皇帝が、朱梨を見てうなずいた。

伯飛皇子は、まだ難しい話を続けている。

「先ほどおまえの目が呪われていると言ったのは、緋巫女も巫士と同じく不死、すなわち世継ぎを設けねば転生する存在だからだ。当時の朱梨は初代で、おそらくは母から目を授かっている。受け渡した力は消えるため、母の瞳は黒かったのだろう」

そう聞いて玉蘭の頭に浮かんだのは、ごめんなさいと謝る女の人だった。

「私と朱梨に子はない。そしていま、私はここにいる。その意味がわかるか」

伯飛に問われ、玉蘭は小首を傾げつつ答える。

「わたしが、しゅりですか」

伯飛皇子が泣きそうな顔で、玉蘭に抱きついてきた。

そこで初めて、皇子が自分よりも体が小さいことに気づく。

「ばれたようだな。私の父は、そこにいる老師ではない。伯金という、前世の私の弟だった男だ。伯金は皇位を継いで帝となったが、心を病んで諸々が遅れた。結果として私は前世と違い、朱梨より年少になってしまった」

でも伯飛皇子が、自分より若い気がしない玉蘭だ。

「先帝の伯金は、自分には皇位を継ぐ資格がないといつも嘆いていた」

眼帯の陛下が、皇子の話を引き継ぐ。

「そして我が成人すると同時に、伯金は退位した。この我を後継者に指名し、そこなる皇后を置いて寺に入っている」

寺と聞いて、玉蘭はなにか思いだしそうだった。

「いろいろ説明が多く、みな頭が混乱しているだろう。ご両親はいかがか」

眼帯の陛下が問うと、玉蘭の父が頭を下げる。

「娘は、いないはずの兄について語ったり、私が教えていない茶について詳しかったりと、以前から夫婦で首を傾げておりました。ですから玉蘭が、もちろん娘のほうでございますが、朱梨さまの生まれ変わりという話を、我らは信じます」

「ぬしらには感謝しかない。今後も誠意を以て向きあおう」

眼帯の皇帝が頭を下げ、また玉蘭の両親が慌てた。

「本当は朱梨が……ごめんなさい、あなたをそう呼ばせてね」

皇后陛下が、玉蘭に微笑みかけてくる。

「本当は、朱梨が輿入れできる齢（よわい）になってから迎えにくるつもりだったの。でも伯飛はまだ九歳なのに、朱梨と暮らしたくてたまらないんですって」

「そんなんじゃない。朱梨が赤き瞳のせいで傷つかないように、早くから保護するべきと言ったのだ」

そういえばさっき、庭で血眼をなじられたときも伯飛皇子が助けてくれた。

玉蘭は少し、伯飛皇子を好きかもと思う。

その後、大人たちはまた難しい話をしていた。

なんでも玉蘭の一家は、これからお城に引っ越すらしい。

けれど両親の茶房は、そのまま続けられるという。

前世の伯飛が幽鬼を滅ぼし、先帝の意思を継いだ皇帝が後宮を縮小させ、なにやら皇族は自由になっているそうだ。

「老師が皇帝になったのは、たぶん玉蘭——皇后のほうだ。あいつが当時の夫だった伯金に入れ知恵をして、説得させたのだろうな」

大人の話が退屈なので、玉蘭は伯飛皇子と厨房にきていた。

「玉蘭は国母を目指しているくらいで、博愛の精神が強い。千年を孤独に生きる苦しみから、老師を救いたかったのだろう」

「皇后陛下の玉蘭は、眼帯の皇帝陛下が好き」

玉蘭は、訳知り顔でうなずいてみせる。

「ま、そういうことだろうな。老師にもう転生させないためには、世継ぎを作る必要がある。さすがに皇帝になってしまったら、老師もそうせざるを得ない。おかげで私には弟ができた。名を伯金という。あいつは巫士になりたがっていた」

「ふーん。伯飛皇子は、お茶を飲みますか」

「退屈だったか。ああ、もらおう。それから私のことは伯飛でいい」

「わかりました、伯飛」

玉蘭はうなずき、茶を入れる支度をする。

「なつかしいな。朱梨が茶を入れるところを見るのが、私は好きだった」

「お茶なんて、誰が入れても同じです」

「朱梨もそう言っていた。だが違うのだ」

伯飛はなつかしそうに、口元に笑みを浮かべていた。

「わたしが朱梨の頃を思いだしたら、伯飛はうれしいですか」

「そうだな。まずは謝りたい。朱梨は私が約束を破ったと思っているはずだ」

約束と聞いて、玉蘭の頭の中に言葉が浮かんだ。

「私より、一日でいいから長生きしてください」

伯飛が驚いたようにこちらを見る。

「朱梨……なのか……」

あんまり伯飛が熱心に見つめるので、朱梨は恥ずかしさに顔をそらして言った。

「龍井。緑茶でございます」

呪われ皇子と茶博士の娘

幻国後宮伝

鳩見すた

2024年3月5日初版発行

発行者……加藤裕樹

発行所……株式会社ポプラ社

〒141-8210 東京都品川区西五反田3-5-8
JR目黒MARCビル12階

フォーマットデザイン 荻窪裕司(design clopper)

組版・校閲 株式会社鷗来堂

印刷・製本 中央精版印刷株式会社

ポプラ文庫ピュアフル

ホームページ　www.poplar.co.jp

N.D.C.913/287p/15cm
ISBN978-4-591-17995-6
P8111366